草堂絮语

CAO TANG XUYU

莎菲　著

南方日报出版社
NANFANG DAILY PRESS
中国·广州

图书在版编目（CIP）数据

草堂絮语 / 莎菲著 . — 广州：南方日报出版社，2019.4
ISBN 978 – 7 – 5491 – 1983 – 7

Ⅰ . ①草…　Ⅱ . ①莎…　Ⅲ . ①散文集—中国—当代
Ⅳ . ① I217.2

中国版本图书馆 CIP 数据核字（2019）第044370 号

CAOTANG XUYU
草堂絮语

著　　者：莎　菲
出版发行：南方日报出版社
地　　址：广州市广州大道中 289 号
出 版 人：周山丹
责任编辑：李　沁
手绘插图：莎　菲
封面设计：尚文文印
责任技编：王　兰
责任校对：裴晓倩
经　　销：全国新华书店
印　　刷：广州市新怡印务有限公司
开　　本：889 mm × 1194 mm　1/32
印　　张：11. 5
字　　数：90 千字
版　　次：2019 年 4 月第 1 版
印　　次：2019 年 4 月第 1 次印刷
定　　价：86. 00 元

投稿热线：（020）87360640　读者热线：（020）87363865

发现印装质量问题，影响阅读，请与承印厂联系调换。

序

认识莎菲，转眼已逾十年。细回想，我是看着她初为嫁娘而后进化为两个孩子的妈，一路带娃，一路与现实厮杀。上得厅堂，下得厨房，考得职称，做得工作，忙里偷闲还秀出一辑阳春白雪的小篇章。

多年以来我满眼所见，都是她乐此不疲、花样翻新地折腾着生活，每次电话那端都尽是她爽朗的笑声。虽也有疲惫，也有怨怼，也想对现实做出妥协，最终，一笑了之，继续折腾。

某次闲聊，听她滔滔不绝讲起对音乐的看法，惊讶于她对音乐理解的广度与深度，我突发灵感，干脆邀约她在火烈鸟音乐公众平台开设专栏，讲述她对音乐的独到见解，她无须以音乐行业为生，因而见地更加没有商业气，可以闲适地站在一个文青的角度批判或欣赏，更中肯地回避了那种“关心则乱”的急功近利。有时，看待事物的态度也如人生的态度，若无闲事挂心头，便是人间好时节。于是，我们有了火烈鸟平台上的莎菲专栏，而这一写，洋洒经年，回首早已不见来时路，积跬步终致远方，草堂絮语集成。

我应邀为此书写序，内心惶恐、如履薄冰，为莎菲这种长久的坚持产生的裂变，感觉震惊。我想，如果只是看到自己没有别人好，却不肯思考为什么自己没有别人好，则永远不会对生活产生敬畏之心。任何得到都有原因，任何失去都不是必然，永远要看我们选择了什么，做了什么。

我看到莎菲生活中的百般不自由，我也看到她对生活永不妥协的精神，她的思想不曾有一分一秒停滞，她用一样的时光活出了几种不同的人生。生命于我们只是一次体验的过程，若几十年的体验都是一成不变，那我们活多少岁也只是多吃了几餐饭，多喝了几口水，多睡了几次觉，多增加了若干碳排放，枉然虚度了那光阴，仅此而已，于人生体验并无相干。

很欣慰，我遇见了莎菲，从此她懂我说的，也懂我的欲言又止，有她陪我畅谈一切。在我们自己脑海构建的乌托邦里，有种关系就是刚好遇到，从此两两不嫌弃，一路有你，感觉很好。

最后也想推荐一下里面的小文章，这些文章最特别的闪光点是无论生活如何对待我们，内心依然鲜活，不曾麻木，也不蒙灰尘。

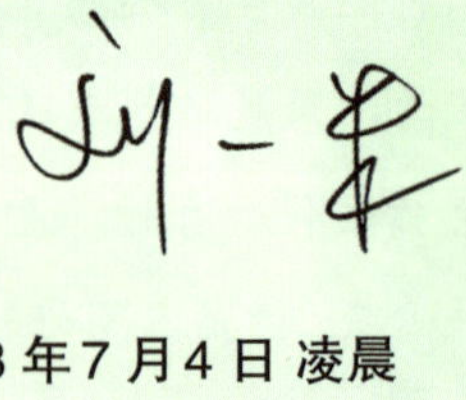

2018 年 7 月 4 日 凌晨

自序

——致我的三十岁

我是一个普通人，有着普通的生活、普通的想法和普通的人生。

四年前，我被衣食父母委派到当地一个名叫草堂村的村庄附近上班，每天从家中到此地往返近三个小时都在各种公共交通工具上度过。时间宝贵，不能浪费。工作是快乐的，相当有成就感的，当然还有些可以吐槽的事情，不过我总是喜欢把消极转化为积极，让自己更好地活下去，我选择快乐地过好每一天而不想将人生浪费在幽怨里。所以一次交谈，成了一个新的开始。在一米姐姐的关心下，我开始在火烈鸟音乐公众平台撰写专栏文章，很多都是在上下班途中或下班后完成的，絮絮叨叨没想到几年下来积累了一本小集，索性整理成册。

码字的人都希望看到自己的文章可以出版，这几乎是文青们的共同愿望。距离“星空下的独白”时期已经过去了七八年，这七八年里，我基本没有记录自己的思想。为什么呢？是因为在这些年里，我以结婚为目的地结婚，以工作为目的地工作，以拿学历为目的地学习，以评职称为目的地评职称，以生娃为目的地生娃，简而言之，以生活为目的地生活。这是一种活在当下的忙碌，没有时间沉淀。生活让我埋头于各种搬砖，而文字对于我成了谋生工具，公文写作成了唯一的写作内容，以前的梦幻少女成为勤勉的工作妈咪。我常常问自己，你怎么了？你的文学梦呢？你的梦想还要实现吗？

十几年的工作经历，把我培养成一个职业人，对自己的要求近乎严苛，每天的时间表基本固定，这本集子里的七字标题就是一个例子。并不是因为七字标题就是最好，而是因为这是公众号专栏可以不用换行的标题字数，仿佛曹植的七步诗，既是一种限制，也是一种炫技。我们何尝不是戴着镣铐舞蹈，而又能舞得很好？所以，特别感谢火烈鸟和一米姐姐让我能有这个重拾梦想的机会。

区别于《星空下的独白》以文体来分类，《草堂絮语》因为文体相较而言略显单一，因此以内容来划分。每一篇在撰写时都有火烈鸟唱片的音乐启发着我，着实是一种享受。

2018 年 7 月 4 日于草堂

目录

穿　行

和过去握手言和　/　3

享受孤独的人们　/　7

开往春天的地铁　/　9

地底穿行的人啊　/　12

无用之人的养成　/　16

游走在天平两端　/　21

有道是食色性也　/　25

平庸不是你的错　/　30

为他人作嫁衣裳　/　36

那些人教我的事　/　43

失去也是种拥有　/　52

戴着笼子的行者　/　56

亲　恩

妈妈的特别情书　/　63
爸爸去哪儿之喻　/　66
致我父的感谢信　/　70
念亲恩如沐春风　/　74
安详安心敬安息　/　78
用心良苦或成空　/　79
我们都是小孩子　/　84

时　令

陌上花开徐徐归　/　89
春有百花秋有月　/　91
春解江南意无穷　/　95
繁花似锦春梦迟　/　98
平心静气入夏来　/　107
端午絮语话孽缘　/　111
端午说五衡而中　/　115
欣然的七月你好　/　118
乞巧祈爱在七夕　/　122

雅 集

行云流水自佳音 / 131
但求心安沉如香 / 134
莲花生时心清净 / 137
高山流水觅知音 / 141
红霞满天醉斜阳 / 143
梦里凡尘香巴拉 / 146
八风不动解语花 / 150

爱 情

刹那花火不老情 / 157
三生石上遇见你 / 161
花开盛时只须折 / 164
我有你此生不枉 / 168
唯寂寞浅唱低吟 / 171
爱情的阴谋诡计 / 174
南柯一梦终须醒 / 180
喜欢粉红爱回忆 / 184
恋歌飘韵隆冬时 / 187
简单地说我爱你 / 190
爱情里的七傻瓜 / 194
爱让我们更简单 / 204

始 终

明知将死亦向生 / 211
无明而去有明回 / 215
一江离歌梦断肠 / 219
自恨未生帝王家 / 224
未知生，焉知死 / 228
花样年华自珍惜 / 235
生死不贰立命时 / 240
劈开混沌见清明 / 247
心有福田勤浇灌 / 253
远离凡嚣自逍遥 / 257
跳脱苦海常感恩 / 262

醉 梦

醉梦里彼岸花开 / 271
幻境天童梦奇缘 / 274
紫樱花梦独角兽 / 279
霓裳百态眼迷离 / 281
漆黑夜里的等待 / 285
那喀索斯的自溺 / 297
且听风吟清浅声 / 302
心有筝音手有弦 / 310

乐 影

粤品江南女儿红 / 319
离人别绝离人去 / 323
电影导演游达志系列作品浅析之《两个只能活一个》 / 329
电影导演游达志系列作品浅析之《非常突然》 / 335
电影导演游达志系列作品浅析之《暗花》 / 340
电影导演游达志系列作品浅析之《废柴同盟》 / 345

后记 / 351

穿行

和过去握手言和

每一个人都有过去。
你看着他现在的行为，
你就知道他曾经发生的过去。
你找到了原因，
也就可以释然，
哦，
原来如此。

很多人养狗，
久而久之，狗成了精。
前方走来的这只拉布拉多犬，
额头上一条深深的皱纹，
双眉紧锁，眼皮耷拉着。

再看看它身后紧紧拉着狗绳的主人，
额头上一条深深的皱纹，
双眉紧锁，眼皮耷拉着。

狗狗是一种多么热情的
想要融入人类社会的动物，
它的灵性更倾向于人性。
而猫则不同。
猫是一种观察者，
除了吃饭睡觉享受爱抚，
你经常不知道它在哪里。
只有被阉割的老猫才会老老实实地困在家中，
继续在肥硕的躯体中隐藏着它思想的小秘密，
冷眼看着你走来走去。

这个世界上不下雨的地方不多，
却总有很多人不喜欢雨季。
这和原始社会时期
在雨天寒冷潮湿
无法捕猎和采集果实
带来的饥饿感、恐惧感，
以及不知道雨什么时候会停、
不知道太阳什么时候会出来
而生的紧张、焦虑

深深地嵌入了人类的基因当中
有很大关系。

这个世界上不下雨的地方不多，
但我们总能寻找到一种方式躲着云迁徙。
这个世界上让你感到完全安全与舒适的不多，
但我们总要学会控制自己的内心，
让自己的心找到一份专属的安逸。

伤口即使痊愈了也会留下伤疤，
想要完全遗忘或者不予理会
是多么困难的一件事情。
当你以为自己忘记了，
一个人，
一句话，
一个动作，
一个眼神，
就会按下那个按钮，
仿佛唤醒那个伤疤下早已沉睡的痛觉神经，
这次比第一次受伤
更隽永，
更无奈，
更苍凉。

在你毫无察觉的情况下，
过激反应换来的是他人诧异的眼光和敬而远之，
如果遇到富有上帝之心的人，
或许他会想要知道为什么，
然后帮助你。

但是你总要学会明白自己，
控制自己，
那么当那个按钮再次按下的时候，
你会知道，
此一时非彼一时，
这个人不是那个人，
现在也不是过去，
这和始终保守而警惕的自我隔绝，
以及让你误以为的自我保护，
是截然不同的。
你懂得接纳这个世界，
也就懂得释怀。
接纳了过去才会接纳自己。
和我们的过去握手言和。

享受孤独的人们

凡是能享受孤独的人，必定是内心充满力量和希望的人。只有孤独者，才能在沉寂之后厚积薄发；也只有孤独者，才能沉淀自己的灵魂，认真修炼本性。孤独者是清高的，因为拥有力量的人总是轻视那些弱者，更何况这样的清高只要努力都能得到。

可是人生而孤独，所以才有那么多的寂寞难耐。我想，孤独者也是一个装着丰富藏品的博物馆。真正的孤独者是名不副实的，他的丰富会让浮华世界变成花脸小丑。在孤独的机会面前人人平等，就像运动会有极限，平凡的人无法突破。

孤独的人被孤独深深吸引，浮躁者却对孤独深深恐惧。大概人对未知都有与生俱来的恐惧感，这样一来享受着孤独的人也可以说是幸运者了。

让我想想，都是什么样的人在害怕孤独。浮躁的人，焦虑的人，胆小的人，难道他们本来就浮躁、焦虑、胆小吗？不，他们本来是天生的孤独者，他们却不断努力抛弃这个名称，因为无知、无明、无力、无聊，所以他们害怕孤独。

害怕孤独的人们的身边不能没有声音，不能没有可靠之人，不能没有甜腻的爱情，不能没有虚伪的恭维，不能没有哗众取宠的小丑，不能没有做不完的工作，不能没有逛不完的商店、嗨不完的派对……因为没有这些，他们会空虚，会不知道自己该说什么话，做什么事，爱什么人。是什么把他们变成这样的呢？

这些人类进化亿万年就是为了追求这样的浮躁、焦虑与恐惧吗？还是说一些人类的肉体已经不能承受这样的进化，一切的一切都只是突变期到来的前奏？

开往春天的地铁

每天早晨，
穿上他的风衣，
穿上他的卡其，
穿上他的皮鞋，
背上他的背囊，
出门去，
向南。

列车那么挤，
即使是末尾的车厢，
过了中转站才会有座位。
打开他的饭盒，
拿起他的勺子，

一口一口咀嚼
为他做的饭菜。
鸡蛋水煮最健康，
糯米饭团配紫薯，
豆角炒肉和青菜，
一口一口咀嚼，
直视前方，
直到吃光。
收好他的勺子，
收好他的饭盒，
拿出他的保温杯，
喝一口他最爱的绿茶。

每一天的早晨，
七点半的拥挤车厢，
我看着她
默默地等车、
默默地等座、
默默地吃饭、
默默地喝茶，
看着她梳着双麻花的花白头发，
看着她在炎夏穿着厚重的大衣，
看着她高挑而瘦削的背影，

看着她青筋横亘皱巴巴的纤细手指，
总想哭。
那是一种默默的哀伤，
巨大的隐忍的悲怆
从深深的地底涌动，
弥漫在陌生的人群中。

不知道这每日的偶遇会到哪一天，
如果沉浸在回忆中的不自拔
会让她和他继续在时空交错中相遇，
我愿在有限的偶遇
默默陪着她。

地底穿行的人啊

一二三四、二二三四，
让我们一起来做运动。
左挤挤右挤挤，前挤挤后挤挤，
挤挤更健康，挤挤更美丽。
空间就像乳沟挤挤总会有，
发型就像拉面搓搓更有型。

我就是那人海中的一滴水，
随波逐流人海漂浮。
屏蔽门就像灌肠剪刀，
灌满一节咔嚓咔嚓。
千万当心背后大包，
一剪子落在夹缝里。

活塞运动嗨咻嗨咻，
从早到晚午夜方休。

准时准点每一分钟，
永远守时真君子也。
火车飞机情何以堪，
延误挂单取消频繁。

最喜欢长凳边缘的座位，
可以肆意倚靠，
不像其他的位置，
人总是站着。
人与陌生人的距离从未如此之近，
近过分居多年的夫妻，
近过反目成仇的兄弟，
近过形同陌路的父女，
近过羞涩暗恋的虐侣。

手机党占领车厢，
低头族脑眼繁忙，
耳机也关不住的各色音响，
还有扬声器里的抗日神剧铿锵：
“听说他是地下党”。

今天我们是地铁党。
疲惫不堪的青壮年大方地坐在爱心座席，
佝偻的老妪、
孩子的啼哭，
都不在意。

换乘站的空位最为珍惜，
可以舒缓
突出的腰椎、
肿胀的脚底。
哪怕臀股感受前任的体温也在所不惜，
大不了自我安慰深吸口气。

空洞的眼神嵌入眼眶，
独行的人儿短时脑亡，
群聊的唾沫横飞飞短流长，
吧啦吧啦不停地唱。

早晨是点心的浓香，
香水的清新，
偶尔还有香皂的馥郁；
下班是寡淡与咸潮，
好在鼻腔也已疲痹。

缓慢腾挪的老夫妻，
焦急等待的商人：
“快点啊，老头儿！”
这个称谓也在等着你！

空荡的车厢哐当哐当，
末班车载着满满的归心穿梭地底。
归人归途，
明天继续。

无用之人的养成

“这个软件要怎么下载啊？”
“按提示一步步操作就可以了。”
“可是我不会啊！”
“……手机给我。”

“我怎么把钱给你好呢？”
“微信支付宝网银都可以。”
“可是我不会啊！现金行吗？”
“……只要是钱都可以。”

“长假好想去美国，你可不可以陪我去？”
“我要加班。”
“可是我不会英语啊！好怕被人骗。”
“……”

“好想开个店。”

“那就开吧。”

“可是我不会啊！”

“……”

“好喜欢他。”

“那就表白吧。”

“可是我不会啊！”

“……”

这样的场景，每次遇到我都会有一种无力感。

一是因为对方拥有愿景和拒绝自我实现的矛盾。

二是因为对方对实现愿景的渴望与自身不努力之间的矛盾。

这种不求诸己，反求他人的行径，

这样一直依赖他人帮助的人生，

实在让人唏嘘。

15岁觉得游泳难，放弃游泳，到18岁遇到一个你喜欢的人约你去游泳，你只好说“我不会耶”。18岁觉得英文难，放弃英文，28岁出现一个很棒但要会英文的工作，你只好说“我不会耶”。人生前期越嫌麻烦，越懒得学，后来就越可能错过让你动心的人和事，错过新风景。

——《康永，给残酷社会的善意短信》

有时好奇，

究竟是向人提要求困难，

还是自我实现困难？

觉得向人提要求更容易的，

从小也会有想要自我实现的时候吧，

只是往往在这个时候，被人奚落，呵斥：

“你懂什么？！”

“你会什么？！”

久而久之，遇到困难第一反应就是自我否定：

“这事我做不来的。”

“好难，我不会。”

逐渐形成了消极的自我认知，习惯于自我否定。

可是愿望总想实现，事情总要完成，

因此习惯性地向他人提出要求，

总有人会帮他们完成。

有时，这种帮助与否甚至成为他们判断对方是否爱自己的标准，一个“无用之人”就此养成。

觉得自我实现更加容易的人，

从小得到的是肯定与鼓励，

“你先试试看！”

“你可以的！”

“看好你哦！”

于是随着尝试与问题的解决，

不断提升了成就感和价值感，

形成自信与自我肯定的人格特征，

每天都在正向强化和自我激励中成长。

这样的人的座右铭是“天生我材必有用”

“学海无涯苦作舟”

“活到老学到老”，

成为“有用之人”。

对于亲自解决问题，无用之人往往是不屑的，

不耐烦的，不理解的。

而有用之人往往习惯于解决问题，

独立性自主性很强，

拥有终身学习的习惯，

社会适应能力更强，

他们当中许多人都在各自的领域拥有卓越成就。

可是，在现如今的社会，

无用之人比比皆是，

他们并没有被社会淘汰或代谢掉，

有的还活得相当滋润，

这是为什么？

我们尝试分析一下。

一是较低的自尊心容易自我满足。无用之人因为时常要求人，自然不容易被自尊压垮。无用之人的要求最终目的是为了解决问题，他只在乎你是否能帮助他，得到肯定答案就万事大吉；如果被拒绝他很快就会向另一个目标继续提出要求，直到把问题解决掉。

与之相反，有用之人在对他人提出要求时常常觉得难以启齿，这便是自尊心在作祟。甚至在被拒绝后自我隔离，花费比寻求帮助多成倍的成本去寻求自我解决之道。这其中的缘由或许是因为儿时过早承担了与年龄不符的责任，而形成对自我的苛刻要求与压抑。

二是较低的自尊心容易让无用之人获得心理满足。而让有用之人引以为傲的是自己超出无用之人的能力，因此当收到委托和请求的时候，有用之人的积极自我暗示是，“我是有用之人，因此才被委托来完成这件事”，于是乐此不疲地每每帮助无用之人完成一项项大小事情。

而无用之人不在乎奚落与嘲讽，这些对他们无用的嘲弄他们早已习以为常，嬉皮笑脸插科打诨就随意应付过去，在这一点上，他们确实是聪明的，也往往会暗地里讥讽有用之人的蠢笨。

三是通过以上两种途径，无用之人的自我适应力增强（可以说脸皮更厚，心更安逸），并成功驱使他人为己所用，不小心歪用了“无为而治”的道理。这便是无用之人的生存之道了。

投机取巧的懒惰和勤勤恳恳的努力造就了这个世界上的两种人，无论如何，社会是不断发展的，选择做哪种人各位看官自有论断。

游走在天平两端

记录具体的事实只是为了说明观点，
尽管事实可能是会伤人的，
观点却不会。
飞短流长不是我的长项，
所以愿意记录观点，
这样比较直接地记录下思绪，
而减少了猜测的过程，
或许会因为这样的思绪而追忆起一些事实。
真理是从事实中萃取的精华，
事实存在的意义，
也是因为真理的存在。

平等是必要的，

特别对于情感。
这是人性的平等。
如果自贬或贬他，
都只会让爱消失。
在人性上，
众生平等，
当然人难免有偏见，
并根据自己的价值取向将这世界分割成三六九等。

信奉爱情的人，
把世人分作有爱与无爱、
可爱之与不可爱之；
信奉物质的人把人分为穷人、富人；
信奉权力的人把人分为强者、弱者；
信仰真理的人把人分为智者与庸人……
就算日日念着众生平等的佛的世界，
也有各种各样不同等级、
不同法力、
存在于不同世界的角色，
把众生作为某种物，
游离于佛与神的世界之外。

不自爱的人在自爱者面前难免自惭形秽，

我同情，但也无能为力。
不愿意爱自己又何谈爱他人。
愿意爱和懂得爱又是两回事，
许多人愿意爱，想要爱，
却不懂得如何去爱，
反而由爱而恨，抱憾终生。
不自爱，
或许也是不懂得如何爱自己，
可是难道就要一直这样懦弱地等待他人的救赎吗？

人性中有同情与怜悯，
有的人怀着救世主的情结，
对世人充满悲悯之情。
可是如果你传递着一种绝望的信息，
自我放逐，
等于拒绝了援助，
让人丧失了信心。

人性中的同情与怜悯、勇气和斗志，
其实都是一刹那的事情，
强者为王，
适者生存也是人性遵守的法则。
我们帮助弱者，

不正是要体现自己的强势吗？
正因为自觉是相对于弱者的强者，
所以才会伸出援手不是吗？
救世主情结其实就是为了实现自我价值，
在解救他人的同时展现了自己的力量，
无论是智慧、意志还是信仰，
这样才体现了自我存在的价值。

所以人类总是利己的，
即使在为他人的时候，
也是为了自己。
不过达到共赢的状态是最好的，
和谐需要的正是我们在了解人性的本质之后，
正确地释放能量。
可惜口号只是口号，
思考只是思考，
他们不会告诉你如何去做。
游走在天平两端，
在平衡中寻找自己。

有道是食色性也

这个世上有多少人是会上瘾的呢？

或许应该问，这个世上有多少人是不上瘾的呢？

自认为不上瘾的人，

或许只是没有找到让自己上瘾的东西吧。

烟瘾、毒瘾、酒瘾、赌瘾自不必说，

松鼠症收集瘾、购物瘾、

茶瘾、棋瘾、摄瘾种种雅好，

还有性瘾、食癖，食色，性也。

任何一种瘾都是心瘾，也是身瘾，

是一种在心理上的依赖，

也是一种生理上的不可或缺。

生理上的接触，

导致大脑产生愉悦的化学反应，
于是大脑再将这种反应反射回生理器官，
这种不断反射不断强化的过程，
就是上瘾的过程，
让你深陷其中，欲罢不能。

喜欢吃一种东西，
有的是自娘胎里就有的记忆，
比如说我怀大宝时爱吃花生，
他现在一开始吃花生就停不了口。
有的是童年时味觉培养的结果，
比如小时候爸爸炒小炒肉喜欢放西红柿，
我现在也是无法拒绝这样的做法，
这样配菜，即使减肥也要吃两碗饭的。
有的是成年后的偶遇，
比如说风靡华南和东南亚的沙示汽水，
上海的朋友被我撩拨得淘宝了一箱，
说沙示应该请你去做营销，
我说，好想看看你喝第一口的表情，
哈哈，这个销售好当啊，
要不就彻底不爱，
爱上就会上瘾，
不需要二次营销客户自己会再去回购，
坐拥稳定客户群。

这个世界上很多食物都是这样，
不爱就彻底不爱甚至敬而远之，
一旦爱上就会上瘾，
比如榴梿，
比如长沙臭豆腐，
比如余姚臭冬瓜，
比如羊蝎子，
比如老北京豆汁儿……
林林总总的怪的、臭的、丑的，
在爱它们的人眼里，
简直就是珍宝一般的存在。

食色，性也。
除了吃，还有各种心理体验也是成瘾物。
爱情是一种瘾，因为戒不掉一个人；
孤独是一种瘾，因为戒不掉一个人。
那个别人眼里的丑八怪，
在你心里却成了美娇娘或玉玲珑。
那个自私颓废的妈宝男，
在你眼里却可爱可怜，要一生守护。
那个阅人无数的风尘女，
却是你心头无上至宝。
那无人能忍的荒野生存，
却是你和大自然万物万灵神交忘我的境界。

那断无社交的孤家寡人，
却是最终著书立说的学问大师。
那孤独的一个人的旅途，
却是阿甘似的自我救赎与成就之路。

瘾是一种快感，
是一种想要持续不断获得快乐的欲望。
如果非要上瘾，
宁愿是一种有益的瘾，
让它占据自己的生活，
不给无益有害的瘾以机会。

两小无猜青梅竹马的小小恋情的萌芽，
从幼儿园大班到一年级这两年中，
交换卡片，交换仅会写的几个字的情书。
直到这天，
小书生说小娘子踢了他，
戚戚然道：
“不管她怎么折磨我，我还是喜欢她！
呜呜呜，好伤心……”
不知道怎么安慰啊。

随着年龄的增长，
慢慢会经历我爱他他不爱我，

他爱我我不爱他，
或相爱或相伤的境地。
用理性压制感性，
仿佛失魂的木偶，
这样的戒瘾未必会成功，
倒是把最珍贵的失去了。
哪怕是委屈，伤痛，
并不是捂久了就会好，
不如多晒晒太阳，
风干结痂，
虽有伤疤，
也好过郁结生疮，腐朽招蝇。

身瘾易除，心瘾难断。
用一种瘾替代另一种瘾，
不幸的话是陷落，
幸运的话是解脱。
如果可以选，
读书瘾，手工瘾，画画瘾，音乐瘾都不错，
填满，填满，
找不到寄托的空虚人生。
有些事，
细思极恐，
对不对……

平庸不是你的错

难道你想平庸地过一生吗？

这个问题困扰着有志青年们很久很久。

在失意的时候，

在找不到方向的时候，

在无法下定决心的时候，

就像一个魔咒，

总是忽然跳出来对你张牙舞爪。

从小，

看着书本上古代近代现代的各路英雄人物，

听着广播里神秘梦幻的神仙鬼怪故事，

仰望着身边各色华丽丽的成功人士，

或怀揣着梦想憧憬未来，

或自负地相信有一天自己也会现身其中，
或惶惶地单纯地只是仰望，
觉得一切离自己很远。

于是在长辈的安排下开始了一生，
一切都是在长辈的规划下，
避开了他们曾经的坎坷，
继承了他们曾经的成功，
仿佛躲在移动的安全屋里，
在时光中谨小慎微地前行，
活成了父母期盼的样子……

于是懵懂地开始了颠沛流离的一生，
吃百家饭听百家言，
看繁花似锦烟花零落，
自顾自地野蛮生长，
碰得头破血流才恍然大悟，
于是换个方向继续闯荡，
活成了自由生长的样子……

于是待在原地徐徐绵延自己的一生，
重复着生娃放羊结婚的循环，
一切的故事都只是传说，

只有生活真实，
守着一亩三分薄田，
守着祖屋牛羊山林，
成为祖祖辈辈永恒不变的注定……

无论是何种模样，
都离不开现实的桎梏，
或紧迫或松弛或无法更改。
无论是社会的繁文缛节，
还是自然的生老病死，
我们的一生终有边界。
所谓的心无界，
也需要建立在无限的时间让灵魂自由伸展。
可是，灵魂不灭是有限的生命不能证明的命题。
于是，我们在各种限制中，
归为平庸。

华丽的表象背后，
往往被忽视的一件事是，
所有的不凡都是被逼的，
不是被命运裹挟，
就是受环境所迫。
自我奋斗是自己相逼，

光宗耀祖是家族相迫。
摆脱平庸是一个痛苦而漫长的过程，
总是不得已的选择。
这样被动的人生
和主动的平庸之中，
哪一个更有勇气，
哪一个更能品尝人生真谛呢？

哪怕贵为皇亲贵胄，
也要面对娶妻生子生老病死；
哪怕归隐田园采菊篱下，
也须吃喝拉撒睡，呼吸天地间；
那我们应该到哪里去升华自己，
避免平庸呢？

解答这个问题之前，
我们是不是应该思考一下，
究竟什么时候开始认为平庸是无趣的，
是荒唐的，是负面的，是应该摆脱的呢？
是因为父母长辈希望我们出人头地？
是因为我们自身想要避免父母长辈的人生，
不让自己重蹈覆辙？
是因为我们看到太多的平庸的悲剧，

是因为我们看到太多的不凡的伟大，
是因为我们看到一桩桩一件件
从平庸到不凡的事例摆在眼前？
我们知道自己的潜力，
无限的可能性？

如果真是这样，
向往不凡，成为个人前进的动力，
社会发展的基石，
而同时，
也成就了无数个平庸之人的痛苦。
因为可望而不可即，
欲望无情地碾压凡人的精神世界，
造就一个个悲剧。

如果认清了人注定平庸，
即使是最伟大的不凡背后也还是平庸的话，
你还会痴想吗？
你还会懊恼吗？
你还会自责吗？
你还会怨天尤人吗？

舀一勺盐入一杯水，

盐慢慢地溶在水中；
加一滴色素在营养液里，
白色的百合慢慢变成粉色。
物质从浓度高向浓度低的地方流动，
只是为了达到平衡，
只是为了保持一个度，
这是自然界的规律，
是平衡的存在。

人与人之间也一样，
一个舒适的距离，
虽有差异但同在时间轴上的一生，
过着过着，
日子都过成了差不多的样子。
让世间万物有常。
平庸是自然，也是一种不凡。
何错之有？
安心享受平庸的一生，
但求心自在，无关庸与凡。

为他人作嫁衣裳

贫女

[唐]秦韬玉

蓬门未识绮罗香，拟托良媒益自伤。
谁爱风流高格调，共怜时世俭梳妆。
敢将十指夸偏巧，不把双眉斗画长。
苦恨年年压金线，为他人作嫁衣裳。

助人者多助，
这是我们时常被教育，被劝慰的。
但是有件事情例外，

这样的助人不一定对自己有帮助，
甚至是有害无益的，
那就是为他人作嫁衣裳。

蓬门，简朴，
不斗眉，无罗香，
有的只是十指纤巧，
有的只是压线缝裳。
看着衣裳的主人一个个托良媒，风光出嫁，
自己静静守在贫家默默苦恨。
这就是一个贫女的写照。

诗人在写这首诗的时候，
想到的是仕途的怀才不遇，
这其中有多少顾影自怜，
有多少扼腕相叹，
就有多少难言之隐，苦恨决绝。

为他人作嫁衣裳，
巧夺天工声名远扬，
可依然是个贫女，依然只是个绣娘。
名声给不了家财万贯，

赞誉给不了显赫家世，
在门当户对的世俗规则里，
在三从四德的陋习桎梏中，
换不来好姻缘，嫁不了好夫婿。
豆蔻年华熬成了风烛残年。
年年压金线，岁岁等暮迟。

可是，
不作嫁衣裳，
哪来柴米粮？
在现实面前，
生存是第一要务，
梦想就像嫁个好人家这样的奢望，
只能给生存让路。

怀才不遇之感是从哪里来的呢？
是从知识、能力、创意的贬值开始的。
看到一些创意产品，
时常被人不屑地说：
这有什么？看看都会了。
殊不知没见到就想不到，
想到和看会之间的差异竟是天壤地别的，

是天才和庸才之间相差的那百分之一。

数十年研发的专利获奖了，
奖状上只有机构的名字；
数万次实验失败后，
一个灵感唤醒的创新成果，
论文署名上只有冷冰冰的课题组；
数月挑灯苦琢磨，
雕刻剔透玉玲珑，
公司拿奖个人闪边的尴尬……
人们说，没有集体的智慧哪有个人的成就？
人们说，没有硬件软件的支持哪来成果？
人们说，没有英明决策考察指导沟通协调联络，
哪有奖状证书名声成绩？
可是没有人说，
没有那灵感的瞬间，
创意的萌发，
刻苦的煎熬，
其他的一切物质都是摆设，
其他的一切非物质都是尘烟。

没有人说破，

因为舆论是强大的，
个人的声音会淹没，
不是因为真理掌握在大多数人手中，
而是因为大多数人掌握着“真理”，
用冷眼、不屑、威胁，道德绑架坚持着“真理”。

在这一切的为他人作嫁衣裳的过程中，
个人的创意，才华，
坚持不懈的努力都被抹煞了，
不是使人怠惰，
就是催人离场。
这就是为什么慕名来到一个机构，
一所大学，
进入一个团队，
最后却终日抱怨其名不副实。
不尊重个人的成就，
最后只剩下冰冷的奖状证书装点门面，
实则已是绣花枕头，只剩堂皇的躯壳而已。
这样的嫁衣，
再美再绚烂再夺目又有何用呢？

仿佛网络媒体之间的恶战，

最后的胜出必定是给自媒体平台的智者。

让那些耗费了无数创意和时间的作品，

冠以创作者本身的名，

这就是对个人智慧的尊重，

更是对个人努力的鼓励。

经过了漫长的贬个人主义扬集体主义的时代，

一些人终于意识到这一点，

不论愿不愿意接不接受，

尊重个人的智慧是必须要做的一件事，

否则没有人再愿意贡献自己的智慧，

宁愿让头脑腐朽生锈；

否则世界上会充斥着盗版抄袭，

如果将打击盗版抄袭的成本变成创意奖励，

世界是不是会更美好呢？

没钱买酒的诗人依然作着千古绝唱，

粗布素面的织娘依然秉烛绣着罗裳。

世道再艰辛也无法阻挡，

那些为了梦想的人迸发着智慧光芒。

追求品质生活的人们，

越来越有品位的人们，

用自己的欣赏和坚持，

支持着震撼人心的创作，

欣赏着撼动灵魂的歌谣。

而这些缔造者们，

明知不可为而为之的勇气，

看清一切后，

依然对人类、对艺术、对生活的热爱，

无怨无悔地密密细缝，

微笑着继续，

为他人作嫁衣裳。

那些人教我的事

怜悯

对粘鼠板上惨叫着、
徒劳挣扎的老鼠产生怜悯之心，
仿佛狱卒之于死囚，
仿佛饕餮之于残羹，
明明如此无稽，
却在自我怀疑是否伪善的同时，
深刻体会到兔死狐悲的真实。

聚焦

聚焦一点之后，

周遭会逐渐走向静谧。
而焦点，
则无限放大，
直到充斥整个世界。
人的注意力的规律，
让我们常常陷于酱缸而不能自拔。

成全

成全是一种自我安慰，
因为往往是无奈之举。
成全让我们体面地退出竞争，
把机缘不巧或能力不济
置换为大公无私与高风亮节。
有风度地离开，
赢得虚幻的掌声，
在转身之后垂泪。

爱憎

我们爱一个人的时候，
会为其恶行找理由原谅；
我们憎一个人的时候，

会为其善行罗织险恶用心。

当第一印象种下之后，

人性如此执拗与任性，

于是疑邻盗斧的故事不停地重演。

只有无爱无憎的时候，

看事物才真实，

只有爱一切的时候，

坦然与慈怀才至。

无知

无知者无罪，

无知者无畏，

是一种什么都敢干，

是一种干了什么都无所谓。

无知是一种自我选择，

因为“知”未必带来快乐，

有时“知”会带来痛苦甚至是杀身之祸。

假装无知也是徒劳，

隐藏自己本身就是一种负累。

最快乐的或许是自己并不知道自己的无知，

仿佛丑女生活在没有镜子的世界。

选择“知”也是一种虚无，

因为一切“有”终归于“无”。

辩

辩是一种文明时代的战斗，

用语言、表情、姿态为武器，

用唇枪舌剑来炫耀学识，

打压对手。

一边快节奏地抛出观点，

一边小心翼翼隐藏逻辑漏洞，

一边搜肠刮肚寻找对方的错处，

一边绞尽脑汁想好反击良策，

确实是高智商的天才人尖才能胜任。

只是，

又如何？

委屈

让你委屈的人，

要么没想过你会不会委屈这件事，

要么根本不关心不在意。

所以你的委屈，

只是你的事。

主动接受消化排泄掉，
还是藏在胃里反刍，
都是自己能掌握的事情。
生活有千万种可能性，
只选让自己难受的那种是最不可思议，
却也是很多人的选择，
醒醒吧，该另辟蹊径了。

挣扎

所有让你挣扎的，
都是你的心上人和心上事。
奇怪的是，
哪怕是最憎最恶的仇人，
也成了你放不下的牵挂。
不知是斯德哥尔摩症候群，
还是自证了对手才是你生存价值的体现，
独孤求败不好当，
如果没有爱侣相伴，
能棋逢对手也不错。
所以，
就不挣扎了吧。

恶俗

有人说网络毁了诗意，

抖音毁了文化，

但是有那么多美好的事物，

为什么不看不关注，

而去观看了解那些无诗意无文化之物，

然后又批判与讽刺呢？

所以不是恶俗打败了文化，

而是自己用好奇把它们请进了门。

所以不是生活欺骗了你，

而是自己把生活过成了这个样子。

从容

着急是因为无知，

对未来的不确定让我们凄惶焦虑。

当岁月流淌

日月流转，

回望时才发现，

一切都会自然水到渠成。

因此，

从容是经历后的果实，
淡定是对年轻莽撞的宽怀，
“行到水穷处，坐看云起时”。

希望

活在希望里，
哪怕是暂时的，
生命之花也为之绽放。
拯救垂死者，
抚慰未亡人，
鼓起勇气再来一回，
一切又有了可能性，
救人救己都需要这束希望之光。

坚持

与其自怨自艾，
不如改变自己。
既然对周遭不满，
何不铆足劲儿冲出去，
改变现状就是坚持的动力。
每当你坚持不下去的时候，

回想初衷，
眼看现实，
还有什么行动
比坚持下去更能实现梦想的呢？
酣睡与沉迷只是暂时的逃避，
不能真正摆脱也无法藏匿。
唯有坚持下去，
生活才有改变的契机。

契约

人与人之间的关系
没有什么比契约关系来得更通达了。
母亲履行好母职，
子女履行好子职，
工作环境自不必说，
朋友间所谓的义气与忠诚，
不也是责任和义务吗？
所有的背信弃义恩怨情仇，
无非是有一方或双方未遵守契约。
搞清楚自己的位置、角色和责任，
努力做到位，
是避免伤心气恼的良策。

如是，你可如何还有时间胡思乱想呢？

自信

自信
来自于比较得出的结论。
“我最棒！”
哪怕是暂时的领先，
也足以让佝偻的背挺起来。
自卑者除了压抑与泄愤，
只有练就一身本领，
才能根本上取得自信。
取得自信的方法有很多种，
健康的心理才能成就健康的人生。

失去也是种拥有

有没有这样一种感受：
许多锦上添花，
极少雪中送炭；
得意时的簇拥，
失意时的冷落；
从花团锦簇，鼓乐喧天，
到门可罗雀，熟视无睹。
人生的起起伏伏就是如此，
戏剧化般的残酷真实。

在人下的卑贱越彻底，
在人上的暴虐就越无道；
求人时越低三下四，

角色互换后就越耀武扬威；
把自己的无能假想得越卑微，
就能把他人的慷慨想象得越虚假；
一切的心虚理亏不如意都是自己的假想敌。
越是羸弱，
越是要在得势时加以痛击。

很多事情本来是没有必要存在的。
为了体现自己存在的必要性，
必须长篇累牍地阐述，
必须大张旗鼓地宣教，
必须人山人海地簇拥，
“不怕一万就怕万一”是最佳广告语，
哪怕是亿万分之一的可能性，
也有了自己存在的理由，
没有我你怕了吗?

在正念面前的羞愧
会转变成憎恨与惧怕，
直到做出恶事来，
放弃了在有限生命里唯一弥补的机会。
但，
要选择原谅，

因为惧正则有悔。

深陷其中的不快乐，
必然有原因。
迷茫的双目不断寻找，
却始终看不到自己。
不承认不代表不存在，
主观意识蒙蔽客观世界的伎俩，
便是自欺欺人罢了。

一场梦醒来，
发现还是在梦中。
上一场梦里的光怪陆离人情世故，
这一场梦中的浮华尘嚣汹涌人潮。
有没有你又有何干？

对于你的离开，
一些人痛不欲生，
一些人拍手称快，
一些人悔不当初，
一些人置若罔闻。
泪会干，
情会淡，

无时无刻不想你也就那几天，
思念淡忘消失在柴米油盐。
生活总在继续，
代纪总在更迭。

很多离开是一种傲娇，
仿佛父母亲第一次送孩子去幼儿园，
孩子哭心疼，
孩子不哭心更疼，
心想这个小白眼儿狼，
眼里没爹娘，白养了。
本能的关怀是因为占有欲，
因为占有所以要控制。

每当你想用离开来证明自己重要性的时候，
就是你不再重要的时候。
没有谁是不可或缺的，
因此也不要为自己的“失重”而失落。
生命短暂，
其意义不在于他人，
而在于自己。

失去，
是另一种拥有的开始。

戴着笼子的行者

一直以为自己是世界的中央，
忘记了地球原来是圆的。

透过现象看本质，
我们的世界真的是它看起来的那样吗？
看不见的手在那里，
让你看到它给你看的，
让你听到它希望你听的，
让你的思想随着它的节奏奔流。
你的自由，
只不过建立在你自以为无限，其实有限的笼子里。
一个头上戴着笼子行走的人，
请问他是自由的吗？

请问他是被囚禁的吗？
去哪里？
朝哪个方向走？
总有人告诉你。

人生总是有取舍的，
追求公平公正的一般是弱者，
因为在弱肉强食的世界，
没有强权强力去获取自己想要的，
才会诉求采用制度和法律来约束强力，
才会联合更多的弱者来鼓吹民主。

然而利用众人推翻某仅有强力而无智慧的人，
明显是拥有智慧而无强力的人的行为。
这是高端高智的强取豪夺，
这是用看不见的手，
利用弱者最后获得胜利，
并继续蒙蔽弱者的过程。
伪装成弱者的强者，
你若看不穿，
那便是甘心被利用。

被裹挟的犹如水底的沙，

蛮力不讲求礼仪尊卑，
诉诸武力，
所以高度文明的社会往往摧毁于蛮荒，
因为到最后大家都在斯文精致咬文嚼字，
没有人再抛头颅、洒热血、舞刀弄枪。

斯文人生在乱世
和乱世英雄生在和平时期
都是悲催的生不逢时，
本质都是政治。
只是一个与军事胜败共生死，
一个与经济起伏同喜悲。

评论家只需要评论就可以了。
没有了评论对象，
就没有存在价值。
一个人的自由是他人自由的前提，
一个人的解放是他人解放的前奏。
“我们并非什么都不做，只会说。
‘说’是个动词啊！”

宠物专家们自然为其主子卖命，
掮客们必然为逐利而奔走各方。

无论如何，
喉舌是吃饭的家伙，
后面还有个身体要养。
人到中年不太轻信，
是一种成熟，
是经历了多年的懵懂之后稍微的清醒。

受骗者，
可能被骗一辈子；
可能被骗一阵子；
可能一朝被蛇咬，十年怕井绳；
可能吃一堑长一智。
假设不能完全地看清事实——如果真的存在的话，
那选择敬而远之、隔岸观火也是无可厚非的。

真理越辩越明，
很多时候结果却不是辩论双方所希望的，
因为看客们会发现两个都是烂苹果，
所以游戏规则规定必须有一个胜出。
诚如李敖先生说的，
“一筐烂苹果里挑一个不那么烂的”。

闹哄哄的人世间，

仿佛热火朝天的厨房，
只有烟火散去，
你才知道炒的是什么菜。
你看着桌上的菜肴，
也要奉劝自己别去深究它是怎么来的，
吃掉它就是了。

看丰子恺的画作，
云淡风轻，
满是童真，
若不是轻描淡写，
真实的还原又何必反刍。
丰子恺的智慧，
又何尝不是我们所追求的境界呢？

亲恩

妈妈的特别情书

优秀的基因就要传承下去，
今天的我就是曾经的你。
——这些，都是我成为母亲后突然的觉悟。

曾几何时，
对你的怨恨像无头怪兽充斥着
神经、
细胞、
每一个毛孔。
为什么要把我带到这个
混乱、
嘈杂、
肮脏、
充满冲突的世界？

为什么要让我遭受这些
痛苦、
悲伤、
折磨、
无尽的悔恨惆怅？

还要在我面对极限时冷酷地推我出巢，
雨打风霜，
一片汪洋，
一如无脚鸟、
丧家犬、
无根之水无叶之花？

云开雾散后，
今天，
强壮的体魄，
坚强的意志，
无论是无情的断杀，
还是缠绵的情思，
处之怡然，
失之泰然，
我就是我。
我，
成为，

我。

可是，
依然贪恋你身上的乳香，
依然依赖你温柔的臂膀，
依然眷顾那再也回不去的子房，
依然惧怕你皱纹的增长，
白发的晕染，
佝偻的脊梁。

愿有生之年，
日日伴你如初，
环绕膝下无拘无束。
做你永远的天使，
甩不掉的小姿娘。

爸爸去哪儿之喻

爸爸去哪儿，
这不仅是一个真人秀节目的名字，
也是社会的一个隐喻。

对留守儿童来说，父亲是提款机，
是电话里的一句问候，是过年的匆匆背影；
留守儿童也不是村儿里才有，
城里的孩子一天到晚也见不到爸爸：
天不亮就出门，
天黑后夜归，
孩子见到爸爸都在睡眼蒙眬时。

社会普遍同情弱者，
譬如央视广告：“爱孩子就多陪陪孩子。”

可是只有这些隐身的爸爸才知道，
这句话是多么的刺痛人心。
时间都去哪儿了？
时间都在路上堵着了，
时间都在和客户、领导、同事声色犬马了，
时间都在计算金钱得失了，
时间都在疲累得踉跄和睡眼惺忪中飞逝了。

如同河狸筑坝，
如同飞燕衔泥，
爸爸去哪儿了？
爸爸在赚钱买房，
爸爸在攒钱买车，
爸爸在加班，
爸爸在出差，
爸爸在地球的另一端外派……
只为了让你读最好的学校，
只为了给你买最好的玩具，
只为了给你和妈妈一个温暖舒适的家……

可是，
你们说：
“不要，
我只要爸爸

在身旁！”
他说：
“孩子，我也想。”

曾经，
第一次看到验孕单，
躲避着欣喜的你的母亲的眼睛，
高兴但是惶恐，
怀疑自己是否能成为一个好父亲。

如今，
多想把你和妈妈变成小小的，
每天带在衣兜儿里；
多想有个时间控制器，
把所有事情全部完成飞奔向你；
多想陪儿子看球打怪；
多想看女儿梳妆弹琴……

感怀，
经历盛夏的酷热才感慨冰泉的舒喉，
走过冰冻的泥泞才体会依偎的温暖，
付出艰辛的努力才懂得胜利的喜悦，
品尝离别的苦痛才期盼相聚的甜蜜，
等待越漫长，再见越美丽，

欢聚虽短暂，回味却悠长。

以父之名。

只想成为一个好父亲，

必将成为一个好父亲。

都是唯一，

没有之一。

致我父的感谢信

敬爱的父亲：

是您把我妈妈变成母亲的，

这点毋庸置疑。

是您和她的合作促成了我的诞生，

我感谢您，我的父亲。

是您让一个女孩心甘情愿忍受十月怀胎之苦，

那胃里的翻江倒海，

那满脸的此起彼伏，

让一个如此爱美的人骄傲地腹圆如鼓，

让一个如此饕餮的人谨慎地挑肥拣瘦，

真正蜕变成一个母兽，

为了孩子警惕着一切风吹草动，

为了孩子回归最原始的哺乳养育，

哪怕尺长钢针扎入脊背，
哪怕最柔软处累累伤痕，
哪怕乳头被乳齿啃伤，
哪怕浑身皮疹三高缠身，
她却能为母则刚。
我感谢您，我的父亲。

虽然您并不能真正体会她受的苦痛，
但这个女人依然用最温柔的语调哄我入眠，
用最轻柔的爱抚停止我的号啕，
用最甜美的乳汁把我喂养，
用最美妙的烹饪伴我成长，
用谆谆教诲拉我躲开歧途走上康庄大道。
只因为我，是您生命的延续。
我感谢您，我的父亲。

是您让我懂得了什么是爱情，
是您让我看到了一个男人
和一个女人的相守相依，
是您让我知道了一个女人的为爱付出，
是您让我明白了爱人就像爱自己。
我看到她默默为您整理行囊，
我看到她静静为您缝补衣裳，
我看到她轻轻擦拭结婚相框，

偶尔缓缓地将双唇印上。
我感谢您，我的父亲。

我感谢您让我在爱中生长，
我感谢您让我拥有慈爱的双亲，
我感谢您让我的母亲长葆微笑，
因为您爱着她，我的母亲。
我感谢您，我的父亲。

当我长大成人，
我能感受到您就是我母亲生命的意义，
您对她的爱定义了我的人生轨迹，
您影响着她的一颦一笑，
她牵挂着您的一言一行，
您快乐她便喜不自禁，
您恼怒她就惶恐不已，
您忧愁她会食不下咽，
您冷漠她则郁郁不宁。
哪怕是一朵淡淡的雏菊，
哪怕是一碗温热的汤羹，
只要您亲手奉上，母亲就会娇羞欣喜。
我感谢您，我的父亲。

我明白了夫妻之爱，

我庆幸我有您，
因此世上少了个怨妇，
多了位富态的老母亲，
因此世上少了个恐婚族，
多了个幸福的小家庭。
我感谢您，我的父亲。

念亲恩如沐春风

奶奶的爱是枕畔的茉莉香，
包裹在柔软的枕巾下，
香气与蛙鸣合奏，
陪伴我度过一个个夏夜。

爷爷的爱是飞驰在车轮上，
无奈我磨人地撒娇，
停驻一碗红豆冰的清凉。

姥爷的爱是粗细不匀的抻面条，
拌着豆角木耳和肉丝儿，
吃得满嘴油汪汪。

姥姥的爱是一碗可口的扯扯面，

浓汤如浓情，
酸辣妥帖直暖心。

妈妈的爱就是不爱，
所以才有了独立之思想，
自由之灵魂。

爸爸的爱就是保护，
一切都要妥妥当当，
一切都要呵护周全。

继父的爱是尊重，
是刻苦学习后的赞许，
是成绩卓著后的欣赏。

继母的爱是操劳，
是香薄脆的千层饼，
是拆洗后又织就的新毛衣。

公公的爱是骄傲，
是大手拉小手一对好孙孙，
是进到超市随便挑。

婆婆的爱是无微不至，

是摆不下的一桌早餐，
是关切地煨汤草药和理疗。

丈夫的爱是不言语，
是默不作声的宽慰，
是勤劳致富的低调。

孩子们的爱是渴望，
是一日不见如隔三秋的号啕，
是小树熊一样的坚决不放。

姑姑的爱是奉献，
是永远担心你没吃好、没吃饱，
是无论何时的温暖关切。

姐姐的爱是后盾，
是困难时候的一个电话，
是雪中送炭后的一个拥抱。

舅舅们的爱是提携，
是无数次的循循善诱，
是关厕所让你反省的严格管教。

大姨、舅妈和小姑，还有年迈的姑婆与表叔，

素未谋面的亲人们，

父母与祖辈的救命恩人……

没有他们就没有现在的我。

一切的一切，

生命如此美好，

每每念及此，如沐春风。

安详安心敬安息

痴怨终了，安详以歇。
半世流离半世怨，可念不幸之幸？
终日为他忙，只为求心安。
心念接踵至，心忙停不来。
心愿难了难为人，可问发愿时？
无愿则无怨，自然安。

自在歇，静看庸人自扰。
自归去，留与不悟者烦。
千丝万缕挂心头，无力无意更无益，
放下一切无妄念，身心轻焉。
神游缥缈峰，俯瞰蓬莱仙，
与仙同游，与佛共参。

为善者乐得其果，一切如愿。
安详以歇。
善哉。

用心良苦或成空

俗话说，
“龙生龙，凤生凤，
老鼠的儿子会打洞。”
“寒门难出贵子。”
如果不是天才，
那必定是成长道路上有空间让他成就。

最初，孩子是希望；
然后，孩子是负累；
接着，孩子是敌人；
最后，孩子是路人。

希望孩子能比自己过得好，完成自己的未完成；
希望孩子能长大孝顺自己，养儿防老；
希望孩子能帮自己，多一个劳动力；

希望孩子能巩固自己的婚姻，
成为维系婚姻的稳定剂；
希望孩子能培养成自己的知己，
在这孤独的世界有伴同行。

然后，发现一切都不是这么一回事儿。
现实总是比理想有所偏差，
偏差大了就成了误差。
拼尽全力孩子也无法成就，
不是因为自己的言传身教，
就是因为本来的基因不好。
建筑工人的孩子假期也在工地，
商人的孩子放学帮忙收钱找零，
饭馆老板的孩子闲暇洗碗跑堂，
工程师教师的孩子寒暑假旅行，
富豪的孩子请大师级私人教师……
就像泰坦尼克一样，
把阶层固化在各等舱里，
头等舱是政客富豪名流贵族，
二等舱是教师牧师工程师和医生，
三等舱是农民小商贩手工艺人和流浪汉。

要打破这厚厚的玻璃板有多难，

全靠思维和眼界，心胸和钱袋，
而本身繁衍的初衷如此功利，
这种生命的投资是否能带来爱的无私与文明？

是的，当孩子张开双翼要飞的时候，
一些父母甚至害怕孩子再也不回来，
或者不再尊重自己，
将自己对更好生活的恐惧，
对改变思维和习俗的恐惧，
对努力的怠惰，
一股脑儿倾注在孩子身上，
不让孩子飞。

结局自然皆大欢喜。
孩子永远不如父母，
所以永远听话孝顺。
仿佛张爱玲笔下的母亲给孩子吸食鸦片一般，
孩子永远需要母亲，
母亲永远不被抛弃。
这样自私自卑无望的父母，
如同饕餮，
吞噬着自己孩子的青春，
肆弄着这个自认为属于自己的生命。

一切都是因为一个“怕”字。
如果不巧遇上这样的父母，
还不如成为孤儿自我成长。

生命不属于任何人，
生命属于他本身。
终有一天他会觉醒，
终有一天他会消逝，
不是父母一手摧毁，
就是自身毁灭自身。

觉醒后成为敌人，
看破后成为路人。
或许从那以后开始，
父母终于回归曾经的自己，
装作一切从未发生。

可喜的是，
还有拐杖式的父母，
甘愿成为孩子登顶的山石，
期盼成为孩子飞天的跑道，
让孩子穿越天花板飞向高空，
遵循着生物界的教育本能，

教授渔猎，
学会生存，
然后，让生命奔放，独自生活。

我们的使命，
不仅仅是传承，
更是进化，
而这进化必定是在自由生长的过程中完成的。
这才是爱，
这才是无私，
这才是生命本来的面貌。
在前人的尸体上繁衍，
成为肥料滋养后人，
仿佛海底的珊瑚礁，世世代代层层叠叠，
是繁衍生息之地，
是祖祖辈辈的残骸积淀，
仿佛落叶化泥更护花……
这就是为什么宁可舍弃自己的生命，
也要为孩子争取一线生机；
这就是为什么宁愿冒着折断翅膀的危险，
也要把小鹰撵出巢穴飞行。
生活会完成最后的试炼，
开启真正的人生之旅。

我们都是小孩子

如果不是因为要生存，这个星球上应该没有所谓的大人吧。一切对成长成熟的要求，都是基于在社会资源分配食物链里生存的需要。无论是弱肉强食的直白掠夺，还是道貌岸然的体系制度，成长和成熟教会你伪装欲望，遵守规则，收敛任性，学会不动声色，学会委曲求全，学会虚张声势，学会润物无声，一切的一切都是为了尽力活着，活得更好。

活得更好？难道不是人人实现一个又一个梦想，逐渐变成实现一个又一个欲望，再变成拽住一个又一个流逝的可能，直到死去？只有生存无忧，更不愁会被拽下食物链顶端的人，才会脱下一切伪装，做回那个孩子，或天真，或暴君，因为那一刻他是真正为理想而活，也清楚即使败了也值了。那是他拼尽一生换来的机会，任性一次的机会。

或许童性才是人的本性，所有成人性都是不得已的伪装，你的成熟只是因为没有条件像孩子一样大悲大喜、大叫大闹、大跳大笑。老小老小，老人有时候的孩子气正是童性的流露，他们早已经到了无所顾忌的年龄，无欲则刚的境界，这和离职前、退休前、毕业前一些人们的任性疯狂是一样的，走到一段人生旅程的尽头，终于甩开所有伪装做回自己。

只有像兰陵王一样面具长在脸上的人，才会将成人性习惯性地套在身上，因为他们相信自己的永生，或者相信自己定会留名千古，那样他就永远有未来，永远要卓越、优秀、成为道德模范，像是牌坊永远为世人称道，于是他的人生必须是完美的，肉身和灵魂随着石像一起封存，事迹和家谱流传万世。

所以，当媒体曝光一个个艺人做了这样那样的“错”事要当众道歉之类的就一点也不奇怪了，自以为是的大众道德审判，还有用科学来包装道德审判的——彼得·潘综合征，用此来定义现代人由于压力大退守童性的种种行为，这时，那些自称“宝宝”的大叔大婶要小心了。

不过，这或许是偶像崩塌后粉丝的自我安慰，是不相信却又被迫相信后的心理平衡，完美只有在盖棺定论后才会校验合格，死亡成就了完美，更剔除了腐坏的可能，无法活着也就无法犯错，美妙的人生就让它瞬间锁在那一秒，可是，人生的意义不是恰恰在于不完美吗？

溺爱孩子，实则是在溺爱自己，满足孩子就是满足自己的心理投射，六一要多少礼物和玩具呢？新奇的事物瞬间转移注意力后，好奇感过去，剩下的是什么呢？唯有陪伴隽永，唯有依偎绵长，唯有心灵相通甜蜜无比。

萌系，软妹子，小鲜肉……所有小的，嫩的都是无害的，让人怜爱的，不应该受到伤害的，那么在此情景之中的我们，即使得不到宠爱也不应该受害，这就是“宝宝”们的逻辑，果然也是儿童的逻辑呢。按照成人的逻辑就会在一旁冷笑不语，这一套可以行得通吗？他们怀疑。夏虫不可语于冰，何况隔着那么厚的面具与代沟呢？

时令

陌上花开徐徐归

她，和她，
宛若子期与伯牙，
钟俞相见，知音倾心。
你且抚琴我唱和，
音律和美谱佳音。

互为缪斯，灵动澎湃，
佳作自如陌上花开，鲜嫩绚烂昭春回。

正如传说中的火烈鸟，
对音乐的爱，炽热而专一。
一如梦中的神鸟，烈火中洗礼，涅槃重生。
从此，
她，与她成为一体。

点一炉香，
在我最美的年华遇见你，
如沉香，多年磨砺，
那是前世无数次玛尼塔前的祈祷，
在今生遇见你，成就更好的你我。

春有百花，陌上花开，
唯有夏天莲花生，清雅如颐，
花心蓬蓬，仙乐飘飘，
一如霞满天时，一厘米阳光下，
乐声中，菩萨的微笑，安然。

春有百花秋有月

无门慧开禅师有诗《春有百花》：

春有百花秋有月，
夏有凉风冬有雪。
若无闲事挂心头，
便是人间好时节。

古风新曲谱之，勾起我一番心思……

自然有春秋，人生有朝暮。
还没长够就老了，
年少轻狂多悲剧。
年少时期，外形多俊秀。

内心多有抱负，
可往往积累不够，
空有才华，经验全无，
强劲力道，挫折无数。
你以为青春正劲，风华正茂，
可也是空心嫩竹，难抵风雨。
和中年时相同的体验是，
心有余而力不足。
所以垂暮之人又何必艳羡豆蔻年华，
他有的你都有过，你有的他未必等得到。
不同时期的阅历自有风景，
且赏之，悦之。

顺逆亦然。
顺境的舒坦滋养安乐之心，
逆境的洗礼浸润顽强之志。
如无足够的毅力等到黑暗后的黎明，
只会走上回头路一切重新开始。
年轻人与老年人的忘年交往往使双方获益，
少年得到先验的昭示，
老人得到朝气的洗润，
互相开悟，互相福泽，
少年自此去除毛躁与肤浅，懂得敬畏与内敛，
老人从而忘却孤独与悲戚，享受授予与传承。

从少年口中说出为名为利的人生规划
是最大的悲剧。
一些长辈常常教育晚辈要争脸争气，
仿佛就此深深地将孩子与自己捆绑在一起。
然而这些说法所展现的，
是要孩子为家族活，为长辈活，
为族群的面子活，最要不得。
无私的爱只会希望孩子幸福。
一些人的不幸福就是因为总需要外在的肯定，
内心的空虚与脆弱一览无遗。
这枷锁捆绑了他们自己，
固化的洪流裹挟世世代代。
如何挣脱？
只有在少年之时抛开世俗的眼光，
很纯粹地看看自己，
想想自己真正想要什么，
挣脱桎梏才能实现自我。

少年伊始，人生如走钢索，
莽撞自不可取，如履薄冰也是过犹不及。
只有平衡向前，才能抵达人生彼岸。
平衡随处可证，
失衡遭遇的恢复平衡之力就是因果。

无力抵抗这恢复的力量，
你我便不要打破平衡。
万物有序自平衡。
混乱无序之时，
平衡力会将一切往平衡状态牵扯，
直至恢复有序。
所以不要妄图打破平衡，
只会徒劳无功，自伤。

人们走不出因果，
有人为此烦恼不已。
其实不过是自寻烦恼罢了。
如果早日醒悟，
断然不会做无用功，
顺应因果循环的道理，
人生不是简单很多吗？
可以有更多的闲暇赏花对月，把盏吟诗。
哪还有那些辗转反侧，衣宽人瘦呢？

自然而然有序，梦里梦外无形。
繁简虚实自如，悠悠怡然自得。
絮絮叨叨无他，字里行间废话。
你我心领神会，相看无语乐傻。

春解江南意无穷

春，是品味江南最佳的时节。

意，唯江南之春最具。

春菜鲜美，春雨有意，春花浓情，春意摩挲。

常山长寿本帮香，东湖梭子排成行。

粉藕玉臂痴缠处，轻舟含羞莲海藏。

紫菱轻泛白鹭霜，芦苇夕照金波漾。

黄花成毯拾矶上，酱笃春鲜炊烟忙。

每每倾听江南音，犹忆江南之味，念念不忘。

淘来常山寿面白如雪，佐以金黄葱油香。

或久候本帮咸香豚，春笋莴笋熬蹄髈，

腌笃鲜汤暖人肠。

荠菜鸡毛马兰头，莼菜羹汤……

酱烤黄焖料酒香，味里江南心思乡。

想那烟雨婆娑，
想那罗伞庇美，
想那雨巷窈窕，
想那烟波浩渺……
水暖湖泽情万种，最是江南雨意芳。

花朝节庆百花寿，折红挑枝赏红妆。
万花锦簇扑蝶会，罗衫漫舞踏青娘。
春茗最爱玲珑泉，浮沉碎玉润津汤。
诗画纵有百般好，不及纵身其间，一跃天堂之上。

宋人东都开封自有春日朝花习俗，
南宋迁都临安依旧。
这乱世的繁华之都，宜人气候，
最适合春来踏青祭奠花神。
无力外物烦扰，
人们躲藏在锦衣玉食之中，
寻找生活的真味。
明白生命的脆弱，才会让生命更绚烂吧。

江南诗画无双，鱼米丰硕安邦，
南朝偏安一隅，遥望狼烟北向。

自古思乡，英雄儿女情长。

奢华繁美，醉里凝望暗殇。

而今风华正茂，唯有思乡，啃人心痒。

能不忆江南？

唯有《意·江南》难忘……

繁花似锦春梦迟

凌霄之上

我本无华，独上凌霄，回首人间如故。
春泥无香，秋雨无味，换取琳琅满目。

攀缘非我本意，孤傲亦非本性，
花自朝阳向天笑，葱茏不藏红心。

风雨不改我志，霜雪不覆我心，
凌霄之上自有华，慰我万物知己。

虞美人

簪花头上，步摇垂下，浓妆难掩清雅。
裙摆吻地，腰窝浅笑，富锦不盖素心。

倚窗凭栏，轻纱霭霭，远隔故乡千里。
登高索星，明月皎皎，普照大地万灵。

愧望江东，霸业未圆，成全一世英名。
万红尽染，化燕衔泥，遥寄洗剑泪雨。

花开为谁，红妆为谁，垂珠晶莹欲滴。
蕉叶独绿，娇花独放，美人静盼归期。

笑春风

桃花笑垂桃花枝，
筝与燕雀齐飞。

女儿怯饮女儿红，
腮共脂粉同醉。

豆蔻不知自美，
徒自萌发，童言笑语无忌。

桃李无尽芳华，
结伴信步，衣裙摩挲妩媚。

桃花不知春易逝，
粲然枝头笑春风。
桃花不知春易逝，
粲然枝头笑春风。

丁香夜雨

油纸伞下影成双，细雨如丝，轻语呢喃。
夜已阑珊，挑灯相伴，丁香化雨漫漫。

君可为我画眉妆，轻点脂红，淡抹鹅黄。
揉碎绢花，香裹情话，天地你我无他。

情到浓时馥郁香，不如丁香淡雅百世芳；
情到浓时馥郁香，不如丁香淡雅百世芳。

曼陀罗

积聚福德，
智慧圆满。
无尘无垢，
性灵心悦。

三生花开曼陀罗，
无尽宇宙尽蹉跎。
万法归一自然成，
身心性灵无相佛。

玉兰春

残雪未融玉兰春，馥郁香浓凌寒枝。
我欲采撷拥香卧，又恐高洁染俗尘。

蔷薇絮语

犹忆四月天，
随影入庭院。
蔷薇嫣红，
素面朝天。

你说春早，
我说春迟。
蔷薇不争春，
繁花俏漫枝。

花期如约至，
离人不待归。
轻语重诺，
蔷薇静默。

人不如旧，
物不如新，
满目落花醉。
再见旧梦碎。

海棠依旧

南有乔木，
名曰海棠。
别号解语花，
胭脂不成画。

游子望归，
南目其美。
春风乘其醉，
共浴暖人香。

垂丝绦绦，
粉腮妆妆。
叠瓣无俗艳，
俏立枝头上。

千朵万朵垂花枝，
胜似欢喜无数。
一夜春雨落霞红，
唯有秋月寄望。

明皇不寐贵妃醉，
迎春海棠依旧。
落红独留一抹香，
白绫下，泪染妆。

凤凰于归

三生石上你我，
琼瑶池边蔓菁。
百世堂前菩提，
凤凰树下古今。

人海处处是你，
眼眸浅笑低吟，
若非前世所见，
怎会萦绕在心？

万世修为不为谁，
三生石畔刻骨铭。
惜君苦等千年痴，
凤凰于归未为迟。

傲雪凌霜

傲雪凌霜，
红裘玉裹，
一曲琵琶塞外行。

千娇百媚，
冰封雪藏，

唯有红梅独立。

银河无尽星满天，
哪颗如我孤寂。

此去故国身后事，
千载流芳无迹。

一城花开

花娇羞藏绫罗裳，十里红妆，笑泪踏香。
花容安享翡翠装，一江春水，苦乐他乡。
花开馥郁四时香，静看人间，欢喜悲伤。
花落化泥自还乡，金秋挂果，傲临寒霜。

似有若无寻芳来，清影疏俊独自开。
草月松风凤栖枝，千姿百态香满怀。
锦洞天里四季新，立花之秀意阑珊。
若道青春花易逝，来年如期展颜欢。

清明伴香碑前立，晚秋月下佐蟹餐。
闹春繁华赛娇丽，凉夏素简初心婵。
天地人和为哪般，悲欢离合总相关。
花似有情亦无情，徒自庭前铺香毡。

花雨簌簌庭前落，无嗅无觉静参禅。
洛神掩面含羞去，玉环惊叹赠羽衫。
繁花似锦春梦迟，庄生迷蝶幻境山。
招蜂引蝶不为春，秋阳硕果坠树弯。

花开似锦不为美，留取硕果暖雪乡。
花样年华转瞬逝，自有花期守时开。
花重叠瓣累花枝，水流隽永御水湾。
花漫春光何以往，但留人间一抹香。

花尽林荫郁郁葱，花飞鸟鸣舞影重，
花前盟誓成双对，花嫁梅娘启酒封。

花神翩降百草鲜，花工挥汗万物生，
天上人间乘虹彩，不叹造物唯念春。

花神花韵花容婉，花谢花开花影倩，
花衣花衫花头钗，花裙花袖花鞋弯。

花下葬花惜春去，月前揽月望秋归，
泪打花枝独品醉，竹暄月白只影单。

翠绿一树粉红装，蜂蝶环绕采蜜忙。
一城花开群芳至，我取我心画眉妆。

平心静气入夏来

迎夏尝新斗蛋，立夏趣事无穷。
平心静气入夏，清凉如水可心。

春蚕结茧，桑丝棉麻，
衣着逐渐清凉，肤感舒爽。
夏，如人之盛年，风华正茂。
立夏，如初脱童萌，荷顶尖尖角，锋芒渐露。

有这样一个童话里的王国，
子民们在国王的统治下过着碌碌的生活。
王国里的人们最喜欢贝壳，
因为在这个远离大海的国度，
谁拥有最多的贝壳谁就会被万众敬仰。

贝壳可以换取王国里的任何东西，
食物，服饰，牧场，庄园，
甚至成为国王信赖的大臣。
只有一样东西不能被交换，那就是国王的王位。

王国的子民每天早出晚归，
在国王拥有的土地上生息劳作，
将土地的物产、牲畜的产出换成贝壳，
将手工产品、各种寻找到的矿藏、猎物换成贝壳，
再用贝壳换取所需物品。

从生到死，人人为贝壳而生而亡，
死后留下的一堆贝壳，再次回到人们手中流转。

直到有一天，
国王的远征军来到了一望无垠的海边，
那里遍地都是贝壳。
远征军贪婪地将贝壳一车车拉回了王国，
人们终于发现长久以来的辛苦工作所为的，
只是一堆堆无用的贝壳……

都说出名要趁早，
更有学者论证人生中创造力最强的时期
正是如初夏般的青春年华。

看世人纷纷扰扰，
常常为如今豆蔻芳华的学子惋惜，
还未入世便是满脑子的柴米油盐，
貌似热火朝天的校园，充斥着各种憧憬与担忧，
学位房，好工作，现实而冰凉。

当理想被现实击垮，
当生存成为紧要事，
当梦想无处藏身，折翼遁世，
诗和远方渐离渐远。

既然生命充满了各种无意义，
如果不甘于这样的认知，
人们总要赋予意义，
否则就会失心疯。

赋予意义是人类特有的思维逻辑，
远古时对自己无法理解的自然现象，
以各种神仙鬼怪幻想之，命名之。
人生也总要有意义，
或成名成家，流芳百世，
或生儿育女，位列宗祠，
仿佛不在世上留名或DNA，
便无法接受自己无意义的人生。

可是，人生本就是无意义的。

亿万年后，何觅你我，
也只是以微粒存在于宇宙间吧，
那么久之后，宇宙又将如何呢？
少一些自寻烦恼，
多一些怡然自得，
自得其乐便是了。

初夏过后，日照渐长。
夏有三伏，灼人心志。
初伏如温水煮青蛙，后知后觉。
中伏如日中天，煎炸火烤更有蒸笼之气。
末伏余温未减，少有清凉即如久旱甘霖。
初夏心平，淡泊入伏，如此可安。
要度长夏，唯有平心。
心静自然凉。

端午絮语话孽缘

又逢端午，
除了粽子和五彩丝带，
还让我想起许仙与白素贞。
不知道前世如何修得的孽缘，
竟然让美丽坚强智慧勇敢的白素贞爱上了
许仙这样一个无知无明懦弱优柔的窝囊废！
法海的强制隔离明显是为了白素贞好啊！
唉，可叹。

端午节的一壶雄黄酒让白素贞原形毕露，
由此这段美好姻缘便开始了自毁的腥风血雨。
只因为许仙要证明自己的猜测，坊间的传言。
说好的信任呢？
想过后果吗？

说到底，这雄黄酒也让许仙原形毕露，

猜忌，不信任，便是爱得不够彻底。

白娘子一片痴心不忍吓了许仙，

这苦衷这幽怨的无奈之举，

苦心隐瞒，

只毁了这良辰美景，花好月圆。

想来她也清楚，

坦诚相待此情亦止，

于是乎拖得一天是一天。

这是对许仙的知，

更是对许仙的惘。

是对这段爱情宿命的绝望，

每一日，不过是自我催眠的海市蜃楼。

这是一场不对等的爱恋，

无论是心智，阶层还是爱的程度，

无论是精神上还是物质上都是无法契合的。

如果不是因为孽缘作祟，

如果不是相信宿命不可违，

如果第一次白素贞见许仙搭讪便道：

“许公子，小女子乃千年蛇妖，命中注定爱上你，你可愿意两情相悦，共谱良缘吗？”

或是“许同志，组织上安排我这个千年蛇妖和你结为夫妇，你表个态吧！”

……如此种种，

那错过也是错过，

那许了也是许了。

那便少了段传奇，

多了对佳偶或路人。

可，没有如果，只有无尽想象与叹惋。

爱情的最高境界，

是包容，是不懂装懂，是懂装不懂。

许仙这个憨傻之人，

除了断桥相会之时，

那傻和憨全都不合时宜。

可惜爱情没有学校，

即便有，毕业典礼那天也许就是爱情消亡之日。

得道终有日，回首已惘然。

追悔莫及者，啜泣独流连。

你有你的难言之隐，我有我的百口莫辩。

人生的相遇相知，竟然是苦茶的夹心粽子，

哪怕在爱情里，

也要端端正正才可一路稳稳当当，平平安安。

以直对人，以德报怨。

坦诚相待不等于成为对方眼中的透明人。

欲语还休亦不是人心隔肚皮打着小九九。

你懂便懂了，

不懂也无妨。

知己知音本来少有，

徘徊踌躇当断不断才委屈。

摇摆两端，不平不端，

哪有正直持中，

只有混乱不堪。

清明时来不及清心明神，

端午时还来得及行端踏正。

清明不清明，

端午要端午。

衣冠正，心神端。

无论是你侬我侬小爱融融，

还是国家民族大爱汤汤，

爱而生恨，

离愁别绪，

端午寄情，

一曲《离骚》足矣。

端午说五衡而中

双数为阴，单数为阳。
五五而十，五位九中。
中者为正，正而端之。
阴阳相济，端正守中。

中是一种美，
一种均衡之美，
中华文化一直追求的正是这种美。
中，
不偏不倚，
各种力量平衡交汇在这一点，
融洽相处，
一切都是那么和谐。
没有冲突与矛盾，

万物自行其道，
大道至简。

中是一种精神，
一种在混沌世界里理清脉络，
以一点撑起天下的精神。
这种精神是那么的宝贵难得，
许多人终其一生想要找到这个支点，
却不可得。
要想平衡世界，
无论是微观个体的内在小宇宙，
还是宏观世界的大宇宙，
这个“想要”本身就是获得“中”的最大阻碍。
无论在哪一端用了力，
都会引起新的不平衡。
唯有遵从自然法则，
顺应自然变化，
自然会把你带到“中”，
这就像宇宙中的漩涡，
无限接近。

天道即人道，
端正祥和即会达到平衡。
好与坏，

善与恶，

长与短，

快与慢，

光明与黑暗，

浮与沉，

盘古劈开的混沌天地，

依然会回到混沌。

不过现在的我们还活在，

一个看似清晰的混沌世界。

欣然的七月你好

七月你好，
沙沙簌簌的树叶你们好，
淅淅沥沥的雨滴你们好，
轰轰隆隆的雷电你们好，
呱呱噪噪的青蛙你们好。

七月你好，
红瓤青皮的西瓜你们好，
晶莹剔透的葡萄你们好，
红得发紫的杨梅你们好，
粉嫩毛绒的桃子你们好。

七月你好，
碧波荡漾的泳池你好，

清风拂面的翠堤你好，
郁郁葱葱的群山你好，
金黄细软的沙滩你好。

七月你好，
清凉醒目的早晨你好，
蝉鸣知了的正午你好，
无所事事的午后你好，
月明星稀的晴空你好。

七月你好，
日夜运转的空调你好，
冰爽沁心的雪糕你好，
火辣妩媚的热裤你好，
黝黑健康的肌肤你好。

七月你好，
人山人海的游乐园你好，
摩肩接踵的盘山路你好，
鳞次栉比的度假村你好，
五彩斑斓的烟火祭你好。

七月你好，
诗词歌赋的折扇你好，

鸳鸯蝴蝶的团扇你好，
朦胧缥缈的轻纱你好，
若有似无的纱帐你好。

七月你好，
浮沉漂荡的碧螺春你好，
软香咀糯的绿豆酥你好，
绵软润滑的红豆汤你好，
白玉为霜的冰莲子你好。

七月你好，
袅袅婷婷的盘香烟你好，
冰凉醒脑的清凉油你好，
竹香绵绵的枕篾席你好，
纯洁如懿的茉莉花你好。

七月你好，
膏黄肉厚的肥蟹你好，
颗粒饱满的薄壳你好，
肥厚滑嫩的牡蛎你好，
香甜脆嫩的河虾你好。

七月你好，
骄阳似火的你，好！

暴风骤雨的你，好！
旱雷滚滚的你，好！
闷热潮湿的你，好！

七月你好，
因为火热，所以清凉。
因为暴晒，所以阴凉。
因为难熬，所以愉悦。
因为焦渴，所以醇香。
因为困苦，所以享受。
因为生活需要我们去爱，
去创造，
去寻找欢乐，
生而为人，幸哉。

乞巧祈爱在七夕

TA 爱不爱你?

其实你很清楚的。

会问这个问题的,

不是心里明白这份不爱而想继续欺骗自己,

想给自己一个留下的理由,

就是表面在乎其实心底不在意 TA 爱不爱了,

想给自己一个离开的理由。

只是同样的是,

问的时候不甘心,

答的时候莫奈何。

男人的爱是无法压抑的,

举手投足,

话语眼神,

女人心领神会，
或是欲擒故纵，
或是大胆迎合，
如果相爱那便是棋逢对手，
如果不爱那只是逢场作戏。

在爱情里，
永远是不爱的那个人占上风，
更爱的那个人垂首默默，
如张爱玲爱上胡兰成，
低到尘埃里，
似那风中的白莲花，
水上身姿摇曳，
水下脆弱一茎。

看似洒脱的风流倜傥，
游戏人间的放荡不羁，
也不过是空虚寂寞加死鸭子嘴硬。
觥筹交错的色彩斑斓，
落幕后也只是萧瑟一支烟，
独酌一壶酒，
对影成三人。
自嘲似的享受孤独，
其实又何尝不是一种无奈之举。

七夕是个苦情日，
若不是商业利益摆在眼前，
那仰望明月，
那畅想神仙眷侣的浪漫时刻，
那鹊桥相会的温情，
那聚首一刻分隔经年的惆怅，
又有什么值得庆贺的呢？
看着天真而浅薄的少男少女
在这苦情日花前月下，赌咒发誓，
只有感叹无知的快乐，
只有唏嘘年华的易逝。

乞巧乞巧，
这苦涩的爱情中一丝的甜蜜最让人回味无穷。
古时女子们在这一夜仰望夜空，
寻找浩瀚银河中的鹊桥与爱侣，
乞求上苍让自己如织女般心灵手巧，
乞求赢得美好的姻缘，
乞求赢得未知的家人的喜爱，
乞求拥有幸福的一生。
感叹这深闺中星星点点的小小愿望，
却是一生的追寻。

时过境迁，
如今的女子们飒爽英姿，
在这世界上展现着自己的风华无双，
可是心底深处，
那经过无数世代洗礼的对爱情的渴望，
深深地嵌入 DNA 中。
无论是庸俗地说：学得好做得好不如嫁得好，
还是在女强人刚强干练的外表下
隐藏的那颗柔嫩的心，
都拆穿了这些女子无奈的伪装。

不要问为什么，
她们懂得自己，
她们清楚地知道自己是用爱造就，为爱而生。
这个世界上若没有了女人，
如何还有似水柔情，
如何还有繁花似锦，
如何还有梦幻悠游，
如何还有私语呢喃？
为爱甘愿奉献自己最美最好的年华，
为爱宁可苦苦守候只为等到那个他。

牛郎织女的爱意，

或许正是因为没有朝朝暮暮，
或许正是因为久别重逢。
人世间天天念念如胶似漆又有几人？
爱情藏在家长里短之中，
耗散在柴米油盐之间，
那回味无穷的荡气回肠，
出现的概率也就是牛郎织女许久一面，
偶尔现身一次的幸运。

乞，
多么卑微的一个词，
当乞巧化身为祈爱时，
渴望爱情的人们多少有了些尊严，
多了些恭敬不阿，
少了些自惭形秽。
得之我幸，失之我命。
不强求，不卑乞。

朝朝念念思君意，
暮暮默默望卿影。
璀璨星河遥相望，
乌鹊绕枝天外齐。
千朝寂寥换一夕，
日夜值守只为今。

俯瞰万家灯火时，
人间无数分合剧。

雅集

行云流水自佳音

你我心中，自有江南，阡陌纵横。
陌上花开，渠泽如织，鱼肥鸭美。
世事人人，痴嗔男女，远如春雷。
雨化风去，空隐落尘，飘摇无影。

灰霾太厚，沉得你我抬不起眼，
风沙太劲，刮得你我脸起霜痂。
这千疮百孔的皮囊之下，
可还有那江南烟雨婆娑？
可还记得云贵色彩斑斓？
可还心驰木兰绿草如茵？
可还畅游北海采青寻贝？

自然天道，顺而为之。

偶尔逆流而上，只当是小儿顽劣，
天人合一,万物自循其道，
身心自由舒坦，仿佛在命运之河仰首漂流，
还有什么苦痛折磨？
还有什么尘缘未了？

父与子，子与孙，子子孙孙无穷尽矣，
繁衍生息，世代交替，
这本就是生命的意义。
这世上一切的苦痛都源于逆天而行，
自以为人定胜天，却自食其果。

修行不如修身，
修身不如修心，
修心如水，自然悟道。
还有什么迷人眼？
还有什么惑人心？
参透一切，
不可说，
不必说。

这世上的桃源，本在你我心中，
何须苦觅？
想那武陵人，无意地相遇，

既然离开，缘何再寻？
只留那隽永的相思在心，
去编织自己的桃源。
去生活吧，与那春花秋月夏虫冬雪；
去生活吧，与这父母兄弟妻小邻里。
去品尝新苗的娇嫩，清泉的甘甜；
去感受骄阳的灼热，冰雪的清寒。

行云流水自佳音，
大道至简无以形。
心觅江南桃源在，
何处芳菲可相叹。

但求心安沉如香

华灯初上，霓虹白昼，月隐星稀。
登蛮腰，望江曲，琴瑟相合照华影。
香沉隙木，悬臂玲珑，通心润息。
挑孤弦，揉香旖，青葱素手抚华年。

君可知，香木自愈其伤才有这文玩至宝？
君可知，久病成良医？沉香入药通心渠。

如珍珠，华彩只为包藏锥心之痛。
如沉香，香脂层裹蝼蚁啃噬之创。
时间和自疗才是不治而愈的良方。
没有外力可以借助，
只有自身骨血逐层包裹疗愈各种心伤。
你我何尝不是如此？

求之于外，只怕旧伤未愈又增其害。

尼采说，他人即地狱。
当发觉自认为正确的价值观
和社会潜规则格格不入的时候，
人们会抗争，或是越来越沉默。
自我咀嚼，自我消化，自我沉淀。
回眸凝望，原来不变的是他人，蜕变的是自己。
最后凝结成香，那便是人生的智慧啊！

即使是上帝也无法拯救所有人，
于是编制出炼狱的幻境，
让每一个人都各得其所。
解释这世上一切不平。
于是恶人知道了自己的归宿，
受害者不再怨天尤人，
好人的心得到了平静，
众人乐之。
原来，心安就是各得其所。

你我何不做农人？
春天播种，夏天耕种，秋天收割，冬天窖藏。
耐得住寂寞灼心，耐得住严寒酷暑，
心怀坦荡地享受收获的喜悦。

人生无非是追求幸福欢喜，
饮食的快乐，安稳的睡眠，
健康的身心，有此足矣。

菠荠芹蒿雪里红，
鸬鹚鹧鸪鸡同笼。
东西南北瓜叶茂，
柴米油盐炊烟浓。
翡翠和田珠玉同，
沉香崖柏君意融。
朝花夕拾馥郁蓉，
锦瑟和鸣栖梧桐。

莲花生时心清净

众生之中，佛点莲花，
取其圣洁幽香，向生清雅。
一花一物幻世，观山观海须臾。
物随心动，境随性迁。
你若安然，清香沁心，
莲生心，心生莲。
莲有心，心有莲。

多久之后，我们才重拾清净心？
自小，看一花一叶，入静半个午后。
然后，包裹着期许，不甘，懵懂……
同时也被书本、考卷，
如春卷似的包裹的豆蔻年华，
就这么随着沙漏流尽。

接着，升职，加薪，
赚取更多的财富，迎来人生巅峰……
众人推搡着，
裹挟着我们，
朝着越来越窄的山顶，
奔命……

直到，
孩子的啼哭把我们惊醒，
又一个生命开始了轮回，
而这次，轮回由我们亲手开启。

可是，看着柔软白嫩的傻白甜，
世界忽然一片安静，
我们像幼时研究草木一般，
看着这个小人儿的每一丝柔发，每一寸柔肤，
寻找自己，
自己的影子，
自己的自己。

安静只是一瞬，
没有时间思考，
小人儿让你再次卷入人生的洪流之中：
你是父亲，儿子，丈夫，

你是上司，属下，公民……
你是母亲，女儿，妻子，
你是家长，媳妇，股民……
角色太多，你怀疑自己得了精神分裂；
任务太重，压得你无法喘息；
时间太少，除了梦里你无暇思考；
噪音太多，只有聋人才能享受安宁……

是的，当你老了，
耳朵不再好使，眼神儿也昏黄恍惚了。
可是，世界再次清净！
你不再用眼看，不再用耳听，
一切一切，
心，
都会告诉你。
你想，
如果从一开始，到如今，
我的心都如此清明，该多好呢？

人生何其短？
能在有生之年感悟清净心，多幸运！
愿你我如坐莲孩童，
清新，自然，天真，无瑕，
一切都是最好的安排，

心自清明，早晚无虞。

雅色淡嗅婆娑影，清澄月下摇曳姿。
明心净息萤火飞，静思不闻蛙声齐。
小童折枝顶上扣，浣女濯足泼水戏。
晚炊促归藕根香，彼岸遥寄相思曲。
佛陀无语笑苍生，颂德贪功一世名。
万籁俱静星月稀，莲花生时心清净。

高山流水觅知音

铮铮琴操问流水，磬磬佳音叩高山，
孤岭独树一枝秀，断桥涓流只影残。
我以乐音赠良友，良友妙语以解颐。
知音一去不复鼓，只留弦音自在安。

孤独的诉说者，
曲高而和寡。
知音之难寻，
如同淘沙取金。
乾坤在胸犹如玉石封泥，
无人识得只能甘之如饴。

总有人撕开蒙尘的封印，
解脱于桎梏的是尘封的心。
从此佳音只为你奏，

从此心门只为你开。
在这之前，虽然活着也是死的，
在这之后，即使死了也还活着。
如同泄洪之闸开，
滔滔不绝如奔流，
连绵不断似高山，
你是我的缪斯，你是我的子期！

这情这意，
融为一体，
超越友情，
远胜爱情，
是灵魂的契合与交融，
是音符与韵律的合体。

总角丫丫，紫衫依依，松香柏枝，焚香拜去。
十几春秋勤学艺，数载冬夏傍身技。
钟鼓齐鸣为寻欢，绫罗摩挲一笑难。

弹指叮咚，拨弦玲珑，千峰万树，悄言稀松。
欲与孤山听回音，天地人和齐奏鸣。
临渊御风始得君，混沌天地顿开明。

流水易逝，百花凋零，素缟垂幕，荒烟四起。
天寒衣薄浑无觉，离歌哀恸离人去。
梦断身轻不知味，空留断弦相思寄。

红霞满天醉斜阳

心醉斜阳倚红妆，溪边浣纱，霞染梨涡浅笑。
梦里蝶舞竞妖娆，枝头化蛹，绚烂一瞬折腰。

七岁孩童读书郎，竟然吐出“人生就像春蚕，每次领悟就像一次蜕皮”的感悟，孩童的天真悟性，只教我等汗颜。只是悟道的灵光一现，和真实地与蜕变相遇，那阵痛，那折磨，那自寻出路的破釜沉舟放手一搏，与简单一语是完全不同的感受啊。

人道年华易老，怎比昭君出塞留青史？
都说一瞬百年，忘却宇宙无垠恒久远。
静心倾听流水潺潺，低头仰望星空倒影，
茫茫天地之间的无数灵魂汇聚成精神之光闪耀，
仿佛绵延不绝的星河，
照应幽远的来处，指引徐徐的归途。

问孩童，你是谁？

答曰，我是我。

问孩童，你从哪里来？

答曰，我从妈妈肚子里来。

问孩童，你要去哪里？

答曰，我要去读书。

孩童不假思索地回答，换来我们的沉默。

问孩童，你想过这些问题吗？

答曰，没有。

活在当下的简单明了，何时变得复杂恼人？

回想人生轨迹，唏嘘一片。

在无尽的宇宙面前，

你我是何等的纤弱渺小，

人都说，不必烦恼，

其实，烦恼何尝不是一种经历呢？

仿佛知冻才识暖，

仿佛苦尽才品甘，

烦恼过后的通达，

让人无比的欢欣啊！

没有人天生就能参悟一切，

坦然地面对人生的无常和自己的无明，

难道不是一种有明的大智慧吗？

说自己的渺小，
是在与宇宙之大比较，
是将自己置身于宇宙之外的视角，
难道，你我不是在这宇宙之中吗？
你我短暂一生的须臾，
兼容宇宙的恒长，
肉身的腐化消融，
也是微粒在宇宙间的重组循环，
这，不是永恒于宇宙吗？

你我本是宇宙，宇宙本是你我。
在此间是此物，雨化风去轮回。
百年后，你我又是另一番模样，
继续在宇宙间流动。

梦里凡尘香巴拉

生一炉香，袅袅缥缈中寻找梦中的香巴拉。
齐舞的是梦，是诗，是画，
是一生至爱，是追无可追。
似有若无，浮光掠影，何尝不是一生一世？

浮生有梦何处觅，随香轻舞。
梦里凡尘香巴拉，如诗如画。
一时的梦境是隔离现实的神秘园，
一时的幻想是理想王国的乌托邦。
这种在真实与梦幻间的随性跳跃，
是让灵魂获得短暂休息的技能，
在簇拥之中疯狂，
在混沌之中迷失，

在争斗之中忘我，
在被抛之后寂寥，
你我都需要抽离，跳脱，
浮在人世间之上俯瞰，
寻找片刻的宁静，
让身心舒展，
让灵魂主宰片刻。

对于一段生命来说，
逃离是暂时的，
死亡是永恒的；
对于一个世界来说，
生命是暂时的，
时间是永恒的。
装睡的人不愿醒，
醒着的人无法睡，
皆因为现实无法脱离，
于是装睡者乔装自己，屏蔽周遭，
于是清醒者踌躇不前，辗转反侧。

苟且于一时的欢愉，无用的虚荣，
藏身于温香软玉，诗书金石，茶器文玩，
沉醉于嘈杂的称颂，别致的献媚，
有些人真正地快乐着，单纯而肤浅，

有些人强装地隐忍着，无所适从，

有些人捏紧鼻翼躲避着，这腐烂空洞的恶臭。

唯有空无一物的灵魂深处，

静静地仿佛拥有一切，

而这一切又是虚无缥缈的，

似这炉香，若有似无。

充实证明了空虚，

忙碌证明了无用，

闲适证明了坦然，

静默证明了发声。

面对是一种逃避，因为终将结束。

逃避是一种面对，因为永远无解。

博览群书，旁征博引，口若悬河，

却不明白真理只有一个，

只是用有识自证着无知，

只是用他人之明印证着自己的无明，

这世界不缺自负的咆哮，

唯少了自省的沉思。

炉香总会熄灭，

灯火渐渐阑珊，

世事日益清晰，
灵性逐步展现。
顿悟只是刹那，
悟道却是永恒，
何以贪恋虚妄的欢愉，
何以沉醉无妄的痴想，
装睡与清醒皆无用，
只有看清一切后的继续前行最真实。

呢喃絮语醉相思，罗纱轻幔，转眼春无数。
烟波缥缈有还无，此情可寄，黄粱如一梦。
拂之散，擒之匿，不嗅幽香自满怀，拥衣无眠。

八风不动解语花

传说苏东坡有日顿觉悟道，

兴致勃勃写下“八风吹不动”一幅大字，

即刻遣书童速速过江送给好友佛印。

佛印展阅，轻笑一声，提笔题了一个字：

屁！

小书童惶恐拿着字回去复命。

苏东坡看到自己的得意之作被佛印贬低如此，

气呼呼地飞舟过江责问佛印。

佛印摸摸肚子笑呵呵地说：

“你自以为

‘得，失，毁，誉，称，讥，苦，乐’

这八风都无法动摇你的心智，

可为何我一个‘屁’字你就过江来了呢？”

东坡这才醒悟：

“还是修行不够啊，让禅师见笑了。”

这就是“八风吹不动，一屁过江来”的典故了。

无论是得失心，毁誉心，

还是称颂、讥讽，欢乐、苦痛，

都足以动摇一个人的心境、决心。

所以古有“两耳不闻窗外事”，

所以今有梁文道说“噪音太多”，

无不表达着渴望不受外物所扰，

心清明，意决绝的执念。

可是，你的心真是风吹动的吗？

说来说去不怪风，

只怪

自己定力不够，意志不坚啊。

看到这样的你我，

菩萨只是微微一笑罢了！

大概因为心中太多苦痛，

才会创造出慈眉善目的菩萨安抚心灵；

大概觉得众人未脱苦海自寻烦恼，

因而在彼岸的佛陀们抿嘴轻笑？

还是早知结局的安然淡定？

……

原来菩萨的微笑是由我们自己的内心投射的啊！

你的心境如何，

你便看到如何；

你以为如何，

你便想作如何了。

因为无言，所以万千解语。

因为无言，所以无语可解。

诸多误解，到头来常常是无解。

所以，又何必多言。

世间一切道理，菩萨早已参透。

笑而不语。

不语有悟，一语则错，只可参，不可言。

所谓“道可道，非常道”是也。

得，失，毁，誉，称，讥，苦，乐，

八风吹不动，是因不觉有风。

心中无风则定，

定则有悟，

悟则有道，

有道，又何必道之哉?

是以，

无语素面柔，慧眼慈眉顺。

笑眼观天下，禅定入秘境。

世间妄语，自由他去。

苦痛欢喜，皆如浮云。
待到众人静禅笑不语，
普天脱苦成佛皆欢喜。
善也。

爱情

刹那花火不老情

年华似水情难忘……

总有那一天
会想起
在我最美的年华，遇见你。

枯守孤灯眼昏花，遥忆当年展芳华。
千树万朵梨花雪，飞洒红妆女儿家。
如今霜白两鬓发，斜倚柴扉夕阳下。
幸得相伴几十载，哪怕生死隔天涯。

人与人的相遇依缘。
命运的轨迹，
恰好在这一刻、

恰好在这一处、
恰好遇见你。
这一瞬间让我明白，
过往一切无缘都是为了这一刻的有缘，
往后的苦辣酸甜分合跌宕都从这一刻开始。
时空交错，
永恒在这一瞬的你我，
没有来处，
亦无归宿。

在我最美的年华遇见你，
是我的幸运，
还是不幸？
你可曾理会我深情的凝望？
你可曾在意我含羞的低眉？
你可曾想要知道我的过去？
你可曾渴望和我共谱序曲？
我多害怕你转身离去，
在你还不知道，
我爱你。

仿佛樱花盛开，
就已经知道不久满树凋零，
所以绚烂无比。

在我最美的年华遇见你，
飞蛾扑火般奔向爱情，
狂热的爱恋燃烧生命，
在所不惜。
我什么都没有，
除了在最美的年华，
爱你。

这场爱恋必将耗尽我所有的爱情，
仿佛余烬成炭，
仿佛春蚕成蛾，
任年华如水般穿越而去，
我只静静沉默不语。

很多人踌躇，
和一个爱你自己的人相恋，
还是，
爱一个自己爱的人？
无非是在计较谁比谁爱得更多一点。
可是，
真正的爱情，
哪里让你来得及思考？
哪里容得下半点私心？
如同闪电击中你，

猝不及防；
你狼狈不堪，
又欣喜若狂。

可惜的是，
那么多的人在计算中错失爱情；
那么多爱情在计算中消失殆尽。
而主角们却在抱怨，
为什么上天不让他们拥有爱情。

在我最美的年华遇见你，
是我的幸运，
更是你的幸运。
除了灵魂的爱恋，
还有什么需要考虑？
这才是真正的爱情。

旌旗成海马嘶啸，英雄戎装疆场傲。
生撕狄虏渴饮血，凯旋剑藏寒铁鞘。
垂丝海棠颔首笑，燕啼青天映郎貌。
宫心剑锁眉妆闹，春桃挂枝迎风俏。

三生石上遇见你

万事皆有因。

因果而因，因果交替，轮回不止。

三生石上你我，琼瑶池边蔓菁。

今生无缘不可惜，自有来生再相遇。

总是在人群中看见你，

熟悉的脸庞与身影。

是你，又不是你。

那眼眸，浅笑，低吟，

若不是前世所见，

怎会无端萦绕在心？

万世修为只为了水乳交融的一刻。

前世的可望不可及，

后世的陌路擦肩过，
无非，都是为了
此生与你相遇。

那么多阴差阳错，那么多擦肩而过，
离愁别绪如鲠在喉，转身已泪眼婆娑。
对幸福太迟钝，对不幸太敏感，
自以为的尘缘未了，可望不可即，
却不知有缘人在眼前，触手可及。
这熟视无睹的错过，
这执迷不悟的迷茫，
是对爱的贪婪最严厉的惩戒，
是对心的虚无最无望的表白。

三生石上，琢刻你的名、我的名，
是一生的牵绊，万世的痴缠，
是一个又一个世界的你我，
是一场又一场的分离与相聚。
生命的诞生与消亡，
灵魂的穿越与永恒，
什么时候，我们才能睁开慧眼，
领悟这一生生一世世的悲欢离合，
原来不过是姻缘因果谱写的永恒乐曲，
在这寰宇天下百转千回，吟唱无绝境。

来了便是来了，
去了便是去了，
相聚就相聚，
错过就错过，
如四季的节律，
如昼夜的更替，
如蝉鸣蛰伏的十七年，
如天崩地裂的一瞬间，
万物有常，人生无常，
都是自然轮回，此消彼长，
且观之，且受之，且安然处之。

握在手中的沙，掬一捧清泉，
如时间流逝，本就不该抱以奢望，
欲留还休，
若曰罢罢罢，
还以清净心，
若要追追追，
也是贪心、嗔心、痴心在怀，
执念迷眼，欲念无妄。

历劫无数，我在三生石畔等候，
你不来，我不走。
便是做那痴人又何如？

花开盛时只须折

花开盛时只须折，更尤人，美期不易转瞬逝。
只道君意在我心，怎奈呀，望月痴想烛燃尽。
挽手泛舟梦田园，可儿绕膝亲如蜜。

青春，人生的花期，
生命的怒放，
一如盛年的海盗，在大洋上驰骋，
雄霸一切蛮荒。
爱情，一生中为数不多的专注，
短暂而炫目，
无关乎如何来，
无关乎怎样去。
终日凝神于明眸一双，
彻夜辗转于未知秘境，

人怎可以如此天真而多情?

为什么这世上那么多诗词、散文、小说,
那么多音乐、电影、漫画,
都不曾把这件事表达尽?
至今,仍然每天都有新的语言、旋律、画面,
不断地涌动,徐徐诉说,婉婉道来?
这件事,
就是
爱情。

我爱你,简单的三个字,
人类有多少种语言,就有多少种我爱你。
不对,这远远不够!
还有那么多隐藏在各种事物各种举动的背后,
仿佛风中的呐喊,
你可曾倾听?

爱情能让一个人疯狂,也能让一个人蜕变。
一切都在于自己的内心。
疯狂是无法自控的脱缰野马,
或因为热血沸腾忘记自我,
或由于爱而不得失去自我。
一是折花的癫狂,

一是错过的悔恨。
蜕变是理智战胜情感的表现，
是将情感深埋心底的默默，
是为得到幸福暂时的隐忍。

疯狂也好，蜕变也罢，
均不是爱情应有的状态。
爱，就是爱的同时被爱，
是一种沉醉，一种享受，
哪怕伴随着苦痛与折磨，
因为，一切正当时。

为了这份爱，
稚嫩的人依靠直觉，天真而浪漫，
成熟的人仰仗技能，耐心而执着，
总是在最佳时机采摘花朵，
在花期最繁茂之时品味爱的甜蜜。
又有谁会责怪稚嫩的浅薄和成熟的诡计？
只有欣赏罢了，
只有艳羡罢了，
因为，在美好的爱情面前，
哪怕是最骄傲的君主也会低头致意。

有的人放不下前任的爱侣，

有的人耿耿于爱侣的前任，
殊不知，这最要感激的就是此人，
爱情的培训学校里，
没有这位，爱侣哪能通过培训
合格和你在一起？

我爱你，爱的是当下的你，
爱的是你一路走过的旅途，
我羡慕那没有我的旅程中的过客，
甚至是你踩过的花草，鞋里的沙石。
但是，正因为你也爱着当下的我，
我感恩着，自信着，幸福着，
知道这爱的来之不易，
感叹这爱的吊诡神奇，
造物主无聊的捉弄，
才有了如今你我的厮磨。
爱在当下，正逢其时。

我有你此生不枉

日光斑驳叶上，相伴同行两相望。
漫游世间怡然，鸳鸯水暖寄情郎。
凝神屏息云端，俯瞰苍生碌碌忙。
莞尔一笑嫣然，我有你此生不枉。

蜉蝣一生，眨眼一瞬，
它们可有时间思考生命的意义？
它们可有精力悲忧欢喜？
原来生死之间，
是充实的虚无，
是无感的喜悦，
是忆生忧死的坦然，
是来不及领略的无知，
是空无一物的博学和哲思。

无论生命是否给世界带来什么，

存在就是意义。

每个人都有自己的评判标准，无论是对人，对事，总会分出高下，分出是非，这便是价值观了。

做朋友，总是很挑剔的，碰上对的人，总有一种双生之感，畅谈无数酣畅淋漓。不然，话不投机半句多，怕是连成为朋友的机会都没有。

做对手，也要讲究旗鼓相当，强了是你欺负我，弱了是我瞧不起你，总之棋逢对手鏖战数回才有看头。

做爱人，哦，我就是你，你就是我，管人家怎么腻歪，遍撒“狗粮”让周围的人都变成嫉妒狂。孤立我们？那不是正中下怀吗？这个世界不是只要有你我就好了吗？

做亲人，最矫情的事就是被血缘捆绑却往往行同路人，反目成仇的新闻天天有，能在家人中找到灵魂伴侣，那必定是前世高香烧到了南天门。

为人，众生平等，国王和厨子，修女和罪犯，并无高下之分，而有的人以地位求对等，有的以财富求对等，有的以学识求对等，有的以善恶求对等……自此有了贬低别人的理由，也有了自惭形秽的参照，无端多了许多妄念与痴想，卑微与低顺。

无论何种标准，都是人的标尺，反射着人们的欲望与灵魂的空洞。看重地位的往往求而不得，稍有成就即自鸣得意；看重财富的缺乏安全感，不是守财奴就是吝啬鬼。

有人问，那学识和道德用来做标尺总可以了吧。可是以学识为重的往往夸夸其谈自命不凡，无识之人自觉低到微尘里；道德家总会难免成了假道学、伪君子，无道之人恨不能玷污所有有德之人，撕去其高尚的外衣一起在泥沼里打滚，仿佛如此便可以众生平等，多么孤独的灵魂。毕竟学无止境，道无可言啊！这一切闹剧的缘由，都是因为欲无穷，无论是地位、金钱、学识、道德，终究追求的是无尽头的虚妄啊。

唯灵魂，每个人独有，无论血缘还是友情，无论贫穷还是富有，灵魂无高低贵贱之分。有的，只是是否契合，是否相兼相爱。

悟到此处，再看看众人，有几人真是能做到不以物喜不以己悲的超然？都说知己难寻，认清这点，便可耐得下性子或等待或寻觅那个对的灵魂。即使一时等不到也没关系，切莫把自己看作孤魂野鬼般可怜才是。那对等的灵魂，是和谐的小宇宙的融合，也是让你更加了解自己的镜子，既然如此，何不先自我探索，仿佛探索即将相遇的那个灵魂？

嗨，我等了你很久了。

我想，我了解你很久了，你呢？

唯寂寞浅唱低吟

我在哪里寻你？
在水仙花开的池塘畔，
还是在柳荫的碎梦里？

我在哪里寻你？
在荆棘密布的登山道，
还是在青苔绵软的腐木堆里？

我在哪里寻你？
在极光斑斓的极地旷野，
还是在银河闪烁的静海里？

荡漾着的是你的柔丝，
飘舞着的是你的笑靥。

抓不住也放不了手，
如风，如烟，如火苗，如瀑流。
寻不到你，也摆脱不了你。

低低吟唱为你写的诗，
只有寂寞听我；
无数张肖像画你，
是你又不是你。
早已模糊却真真切切，
模糊的是面目，
真切的是思绪，
清醒而冷冽，
沉醉而痴迷。

鹭鸟栖息在水杉林，
百灵轻跳在绿茵地，
雀鸟是否知道思念，
还是简单相爱单纯繁衍
生生息息？

这人类独有的，
柔软而炽烈的情感，
真挚得让世俗之人鄙夷。
一些人将信将疑，

一些人早已不信，
顺着时间的河漂流，
遇不到便不存在的自我安慰，
只有道听途说，没有亲身经历的虚幻，
何如实际利益那样能填满人们空虚的内心？

凝望着星河的人们，
看似茫然，
实则充实。
眼中充满自然万物，
心中充斥着寂寞与相思。
啃噬着，心痛着，
却真真切切活着，
而包围着声色犬马，却虽生犹死。

爱情的阴谋诡计

想那纯真年代的爱情至上，
是瞧不起任何阴谋诡计的。
仿佛阳春白雪轻瞥着下里巴人，
纯洁的爱情如何容得下半点狡黠奸猾？
直到有一天……

直到有一天，
心有灵犀成了心有藩篱，
呢哝软语成了河东狮吼，
窈窕飞燕成了虎背玉环，
貌比潘安成了大腹秃顶，
爱的皮囊已腐朽，
爱的激情已消逝，
一个渐行渐远，

一个裹足不前。
真实的残忍断了绕指柔，
宽容成了忍耐，
忍耐成了厌倦，
厌倦成了自欺欺人，
退避三舍，敬而远之，还是苟且续命？

爱情里贵有先知先觉，
聪明的爱人不会让荷尔蒙蒙蔽自己，
生就是爱情里的战略家，
行一步望三步，
仔细研读爱情周期律，寻找破解之法，
暗自揣测枕边人，做到知己知彼。
那精明决断，那挥斥方遒，
不再是天真的傻白甜式的直觉之爱，
而是经年纯酿的理性之情。

如何让自己永远被爱？
是一个难题。
如何让自己始终被自己期望的人所爱？
是难题中的难解之谜。
有人会说，如此强求还不如放弃。
有人会说，这样强求来的爱早已变味不纯，
即使使出浑身解数也得不偿失。

可是，如果得不到爱情，人生还有什么意义？
难道你真的相信爱情只是生活的一部分？
爱情只是生命中可有可无的奢侈品……
这类自欺欺人是自我保护的托词吗？

邂逅爱情是命运的安排，
爱情保鲜却是后天的努力。
如果你努力地希望自己能邂逅爱情，
而在得到后不经营爱情，任其自生自灭，
还自誉为得道之人美其名曰顺其自然，
那么可就真的是本末倒置了。

爱情周期律，
自然有萌芽期，暧昧期，炽热期，高潮期，倦怠期……
如果倦怠期没有继续创造新的周期开端，
这段爱情便会自然死亡；
长期保持在高潮期也是不现实的，
毕竟瞬间的山崩地裂变成日常，
那一定是灾难无尽。

可怕的就在于，
倦怠期过渡到下一段周期萌芽或暧昧的时候，
男女主角换了人，
只叫人啼笑皆非莫奈何，

对于剩下的那位，
无疑是一万点伤害，
此恨绵绵无绝期。

爱情卫士们一定要警惕，
而真正的爱情大师们自不会让这惨剧发生，
而是创造一个又一个新的爱点，
一波一波此起彼伏，
续写这段爱情，
直到
生命的尽头，
或者自己爱的绝境。

对于怀旧的恋人，
记住纪念日是必要的，
收藏纪念品，偶尔把玩翻看是必要的，
来到纪念之地故地重游是必要的，
一起缅怀青春是必要的。
一封封翻阅得磨损泛黄的情书，相片；
认识一千天、一万天的惊喜香槟；
或是突然有一天，你穿上了初见时的连衣裙，
同样的发型，身形，妆容，
那瞬间重燃爱火是必然的。

对于喜新厌旧的恋人，

保持自己的好奇心和行动力是必要的，

不要等着对方给你惊喜，

长时间主导也会疲倦。

而突然有一天你成了老师，

带着对方进入一个个奇幻世界，

那又如何不使人心醉沉迷？

他跑你追，还是偶尔也超车挑衅？

喜欢给予的人往往也期待被疼爱，

想象力是最佳的催化剂。

居家好人自有温暖汤羹，

隐士学者你就安静守候，

跟上节奏还是带动节奏？

一同留在原地还是相伴浪迹天涯，双宿双栖？

郎情妾意剑抑或是奸夫淫妇剑，

双剑合璧，自然天下无双了。

一个每天带给自己惊喜的爱侣，

自然是世间最安逸有趣的避风港，

更是最有效的安慰剂，

让人沉迷让人上瘾，

终身受用保健续命。

这样的棋逢对手，

正好填满生命的虚空，
正好赋予人生的意义。
所以，抛开对命运不公的幽怨，
所以，斩断世俗桎梏的绑缚，
得到爱好好珍惜，
时刻灵敏嗅觉提早谋划考虑，
是保鲜还是任其腐坏？
这样努力地绞尽脑汁，防患于未然，对症下药，
难道还不足以获得命运的垂青？
去爱吧，以爱之名。

南柯一梦终须醒

梦醒或梦碎？
梦醒了，生活继续，当忘则忘；
梦碎了，心意阑珊，难以释怀。
梦醒是回归，是与过去告别，是大步向前；
梦碎是心死，是忆海拾遗骸，是沉沦深陷。

能有多少早知道，
就有多少自欺欺人。
如醉酒的人，
贪恋的哪会是酒的苦涩，
无知的哪会是酒的伤身，
无非是沉醉自虐式的朦胧迷离，
自我麻醉躲进壳里。

事情的发展总是伴随着后知后觉与大彻大悟，
每一个过程都清楚，
每一次挣扎都铭记，
如何走到这步田地，如车辙般有迹可循。
无奈的是自问，
为什么？
那一路的直觉警惕，
那一路的放纵肆意，
只要有一秒的清醒，
只要有一次的拒绝，
结局就会不同。
可是为什么？还是走到了这样的结局？

一种爱的惯性，
一种生就的本能，
一种自毁的基因，
一种无理性的执拗，
做着理智无法逻辑化的决定。
一圈圈吐着自缚的丝，
要的就是化蛾那刻，
也许一切只是为了让自己醒来。

是啊，
做梦是为了醒来，

更清醒地醒来。
那明明白白的事实，
假装看不清楚，
那桩桩件件的证明，
自己糊里糊涂。
雾里看花，隔靴搔痒，
全然不如梦醒心碎来得苦痛决绝，
来得凛冽清澈。

终于有理由成就一个崭新的自己，
终于不再有不甘心与怨天尤人，
终于没有理由再回头。
曾经的挚爱沦为可笑的工具，
成就新我的成长工具，
仿佛斑驳的地球仪，
仿佛翻烂的字典，
仿佛用过的门票，
还有磨破的长靴。

不再有遗憾，
不再有悔悟。
感谢刺痛的清醒，
感谢放血的淋淋。
一次暴风骤雨式后的戛然而止，

一次酣畅淋漓的排毒养颜，
从来没有爱错，
有的只有错过。

当泛黄的他还在回忆里沾沾自喜，
你已经踏上万紫千红的新生之旅。
过去的一切犹如褪掉的茧皮，
他爱就让他拿去。
炫耀自己的无耻无情，
鼓吹自己的无知无明，
虚荣的战利品却是腐坏的垃圾，
填充再多香料也难掩恶臭刺鼻。

他什么时候醒？
你早已不关心。
微微一笑背上行囊，
走向新的黎明。

喜欢粉红爱回忆

喜欢是阳光中看见你娇嫩的唇，
冲动地想吻上去；
爱是想到不知何时你和其他人一样都会死去，
现在就难过得颤抖哭泣。

喜欢是比来比去，学历身高性格门第；
爱是一见钟情，哪怕泥腿罗锅，我眼里只有你。

喜欢是举案齐眉，相敬如宾；
爱是拌嘴赌气，明天继续。

喜欢是奶茶一杯，烈酒一啜；
爱是随身携带的白开水一瓶。

喜欢是我最爱吃的都给你；
爱是你最爱吃的都给你。

喜欢是赤脚踏浪看海天一色；
爱是为熟睡的你穿上棉袜一双。

喜欢是她，她，她，还有她；
爱是你，你，你，只有你。

喜欢是爱你的一切可爱之处；
爱是你的一切都可爱。

喜欢，
是喜欢你的帅，你的美，你的开朗，你的锐气；
爱，
就是爱，
说不清也道不明。

我喜欢你好简单，
我爱你却挺不容易。

喜欢如清风拂面，过去后是粉色记忆；
爱却如沸鼎炽热，铭文深深烙印永留心底。

人生好短，短得不够只喜欢一个人；
人生好短，短得不够挚爱一人。

喜欢和爱，
自自然然。
不是文字游戏，
不是深奥玄谜。
只喜欢过似不会懂，
只冥冥之中略有缺憾之感。
只有爱过后才明白，
爱只有一次，
之前都只是喜欢。

恋歌飘韵隆冬时

每一首歌都是一段回忆，
每一段旋律都是一句私语，
每一次雨中都播放你的乐曲，
眼泪伴着音符流去。

想着无数的如果，
期盼无数的相聚。
渴望藤与花的纠葛，
艳羡浪与沙的厮磨。

只是那梦中的吻，
久久不曾来过，
岩浆般滚烫怎奈故作冷漠，
隐忍的自虐竟使痛带着快乐。

只看我的灵与肉如何撕扯，
带出脱胎换骨的一喝！

工作的忙碌，
只是一具空壳，
用以躲避自己的心魔。
当夜阑人静，喧嚣已落，
徒劳地想用睡眠逃避必须面对自己的那一刻。

黑夜里的瞳眸更加明亮，
穿越浩瀚星海，
看那浮光一闪的平行世界里，
还有我和你，
依稀相依。

隆冬来临，
让黑夜的冷更冷，
让心上的伤木然。
只是每一首歌都把我带回过去，
不知道自己想听还是不想听。

音符叮铃似往昔，淅淅沥沥伴花落。
一颦一笑如昨日，萧萧瑟瑟随风去。
独留我，

抚琴断弦，吻笛空音，
举手相拥，唯香依旧。
人海茫茫，只取一滴而不可得。
密林苍苍，采撷一叶而拒妄心。

注定一世孤独零落，
命该万世浮沉凋零。
罢罢罢，
不如归去，
非我放下一切，
而乃万事弃我而去。

情殇乱心，
不动则无情，
无情则不乱，
不乱则定。

自古道情深不寿，慧极必伤，
只是如无情无智，弱情弱智，
不如历经情劫慧隘，
脱胎换骨，大彻大悟，
也不枉人世间走这一遭了。

简单地说我爱你

不要让我恨你，
你可知爱比恨容易；
不要让我恨你，
恨会烙下永久的记忆。

地壳万亿年的冷却，
愤怒至今伺机喷溢。
不可知的精神长存，
我不愿一世戴着彗尾逃逸。

只是可怜自己，
颤抖的双手无力，
身体抗拒了脑力要活下去。

脑际，

啃肌噬骨之声不停回响；

病毒，

沿着思想蔓延，

无力抵抗，

缴械投降。

跑，跑，跑！

命运的荒漠无尽。

回首，

四望，

迷茫，

一片昏黄，不见太阳。

多想躲在一旁，

静静张望，

等你发现，

再故作推搪。

多想大胆看你，

阳光一样，

看金子洒在脸庞，

印上我眼眶。

简单地说我爱你，

有你便有了诗情。
简单地说我爱你，
所有荷尔蒙都化成言语。
简单地说我爱你，
心潮汹涌要破胸喷薄。
只是心要窒息，
头脑昏沉，
即便是弥留之际，
我也会记得，
简单地说我爱你。

简单地说我爱你，
你打了无数个喷嚏，
可知道每一个都是我的思念精灵，
在怨愤地弄戏。

简单地说我爱你，
只要假想着你的彻夜不眠，
日渐消瘦有一丝是为我，
心疼也会霎时间被微笑代替。

简单地说我爱你，
就是面善心恶的魔女，
如果能有回应，

哪怕是挥舞皮鞭抽打你，
我也愿意。

简单地说我爱你，
疯人呓语，
不通常理。
不够不够不够，
疯劲儿过去，
自会满意。

爱情里的七傻瓜

崩塌

我的世界曾经很大，
和它本来的样子一样大；
我的世界现在很小，
小到只装下你我她。

从未想过的背叛，
从未遭遇的谎话，
都在这短短的几天，
把我的世界压垮。

崩塌！
崩塌！！

崩塌!!!

我的世界只剩下残垣断瓦。

说谎!

仓皇!!

踉跄!!!

我不要再听到一句情话。

爱情和友情瞬间崩塌，

你们转身离去，

连句谎话也不屑留下。

那么多日夜，

我只是个睁眼瞎。

突然发现世界好假，

突然发现自己好傻，

我是个傻瓜。

没有情绪

你说我说着虚伪的话，

我说口吐莲花好过口吐泥沙。

你明明天真还想装不傻，

看得我可爱可笑如痴如画。

悲伤的喜剧只因结局是悲剧，

快乐的悲剧只因大团圆结局。

过程中我没有情绪，
等看如何收场掌握全局。

没有情绪，
因为不知道结局。
没有情绪，
我不知爱不爱你。
没有情绪的我不懂爱情，
没有情绪我看得最清。

没有情绪，
直到结局来临。
没有情绪，
我已不会爱你。
没有情绪的我不要爱情，
没有情绪的我伤得最轻。

忘记我

我承认自己的懦弱，
不否认自己的畏缩。
旧情不能割舍，
新恋不能负责。
是不是该坦白地说，

当断不断得过了火。

我愧对她的柔情似水，
心甘情愿你的冰霜奚落。
自寻烦恼的唯唯诺诺，
活该无眠辗转反侧。

人前哗众取宠像个小丑，
人后无声哽咽孤儿自若。
你的离开成全了我，
暧昧不见思念怠惰。

你一直是我的依靠，
却无法成全我想要。
面对她的柔弱我无力抵抗，
我也知道你坚强外表包裹的软弱。
你的倔强让我不知所措，
我只好放手让彼此好过。

对不起你我自甘堕落，
这辈子只能如此度过。
这原罪本属于我，
你且自由自在地过。

忘记我!

忘记我!!

忘记我!!!

这原罪本属于我,

你且自由自在地过。

亡命之徒

赤手空拳搏杀,

翻云覆雨变化。

一无所有的疯,

一败涂地的傻。

我就是爱情里的亡命之徒,

没有什么可以心有所顾。

为了爱情我义无反顾,

丢掉了你我死有余辜。

我就是一无所有的亡命之徒,

爱你是我心之所属。

怀揣这情我独步江湖,

直到最后一刻我才领悟。

原谅我，
亡命徒的千错万错。
可怜我，
亡命徒的孤单寂寞。
宽容我，
亡命徒的不知所措。
珍惜我，
亡命徒的千金一诺。

我就是亡命之徒，
最爱你的亡命之徒，
没有自我的亡命之徒，
死不足惜的亡命之徒。

不要牵挂的亡命之徒，
只为你的亡命之徒，
最爱你的亡命之徒，
我就是亡命之徒。

黑暗面

是你让我有了黑暗面，
结束了我很傻很天真的流年。
付出我所有你仍不看一眼，
凝结的血修补心之碎片。

是你发现了我的黑暗面，
在我自己发觉之前。
阳光下的我总是自导自演，
只有黑暗影随步步向前。

我以为黑暗包裹的我你看不到，
我以为黑暗保护我伤痛不现。
可是黑暗慢慢吞噬，
我只能泥足深陷。

黑暗面，
以爱之名的明目张胆。
黑暗面，
喧宾夺主地不断出现。

摘不下的面具遮住我的脸，
独留一腔幽怨。

我爱上

转眼，
一切都模糊无言，
仿佛洒满一地落叶，
任记忆慢慢走远。

梦见，
你的身影徒自浮现，
占据我心所有空间，
呼吸变得轻轻浅浅。

时光，
任性刻印掌中纹线，
相依的两条平行线，
越走越远消失不见。

我看见，
人群里的自己慌张表演，
说着自己也不相信的谎言。
你转身离开，
我闭上双眼。

我爱上，
孤独终老的幻想；

我爱上，

独守空房的惆怅；

我爱上，

一曲吉他的寂寥；

我爱上，

一滴眼泪的滚烫。

因为是你，

我学不会遗忘；

因为是你，

我学不会成双；

因为是你，

我独自抵抗；

因为是你，

我冷若冰霜。

蓝色蘑菇

你善于伪装，

我假装上当。

像蓝色蘑菇，

让人上瘾张狂。

你美艳浓妆，

我暗自抓狂。
像蓝色蘑菇，
如幻如梦痴狂。

漫步长岛沙滩，
仿佛轻跳云上，
仰卧云端痴望，
漫漫悠然时光。

蓝色蘑菇，
可以浅尝；
蓝色蘑菇，
无念无妄。
美艳蘑菇，
小心为上，
一口吞下，
猝不及防。

爱让我们更简单

在爱面前，
我们毫无招架之力。

爱让我们更简单。

都说苦尽甘来，
所以被致命之毒致死者，
最后感受的莫不是无比的回甘。

那些凑合着过日子的，
不是说为了过日子而过日子，
只是意识到，
不凑合的话，
恐怕连凑合的机会也没有。

因为认识到，
理想中的那个完美的爱人，
是不存在的，
也是等不到的，
所以就不等了。

不甘心的人，
要在这泥胚土胚上，
重塑再造一个来，
没过多久也都心灰意冷了。
因为没想到泥胚土胚其实不是胚，
早已脱了胎成了器。
强扭无用，
迂回无果，
不是一拍两散就是吵嚷一生。

于是完成了基因的复制便了了，
于是回归到孤独的自身。

明了了完美的不存在，
明了了他人的不可在，
明了了生命之路唯有独行。

不会做饭就要忍耐他人的厨艺，

或忍受高昂的餐费也换不到理想珍馐的尴尬。

没有权势就要忍耐想要高人一等的欲望折磨，

或卑躬屈膝，

或谄媚苟活，

或另辟蹊径，

或努力上进。

邪门没那么好寻，

多数会遭报应；

正道没那么难走，

只是要付出艰辛。

积极的人用赞赏来回应他人的付出与努力，

消极的人用泼冷水来掩盖自卑与无明。

钱本身没有主动性，

决定请翻译还是交学费学英语，

决定胡吃海喝还是资助山区教育，

都是花钱的人做的决定。

苦瓜苦丁苦口良药，

怕苦之人自不能品尝其妙。

很多时候人们不在同一个频道所以无法沟通。

如果静下心来想要去理解，

无字之书也会让你彻悟。

语言不断在变化，
不一定是进化，
也可能是退化。
能表达的只是当时代所赋予的词义，
时过境迁，
恐怕早就失去了初衷原意。
我们读古人，
也终究无法了然，
仅可隔空相望，
活在彼此的想象中了。

始终

明知将死亦向生

自小离家撇人去，
两鬓寒霜始望归。
鹤发童颜盼双亲。
不唤儿来唤父恩。

一个自由意志的觉醒，
在一个人青少年时期得以实现：
突然间感到自己无比自由，
同时也觉得自己被无情束缚。
反抗，挣扎，挣脱！
叹生命的伟大，
颂完美的灵长。
新生的个体抛弃老旧的外衣，
追寻截然不同的完美人生。

摒弃父母不完美的人生，我要获得新生！
摒弃自己不完美的出身，我要改头换面！
摒弃所受不完美的教育，我要自立自强！
摒弃周遭不完美的一切，我要重塑世界！

可是终于有一天，
细数这为了完美，
而抛弃的命运中的不完美，
突然发现，
所谓的完美竟然永远都无法再完美。
总是抱着世界那么大，
总有我的立锥之地之念，
可是却不能容忍生活中的一些不完美。

因为不喜欢父母而远离，
没有了唠叨也没有了慰藉；
因为不喜欢同事而辞职，
没有了竞争也没有了助力；
因为不喜欢故乡而外出闯荡，
没有了落寞也没有了回忆；
因为不喜欢邻居而迁徙，
没有了八卦也没有了照应。

待到两鬓斑白，眼角含霜，

突然明白自己的不完美，
缺的正是自己舍弃的曾经认为的“不完美”，
慌忙找回，却物是人非。
不喜欢的父母早已重病缠身，
不喜欢的同事早已事业有成，
不喜欢的故乡早已面目全非，
不喜欢的邻居依然怡然自得……

仿佛绕道走是智慧，
殊不知绕来绕去问题还在那里；
仿佛逃避的是外在的问题，
殊不知无力掩盖的是自己内心的怯懦；
仿佛清高如许圣洁无垢，
殊不知是孤芳自赏狭隘无容。
一边是一尘不染的理想主义，
一边是大染缸似的现实梦魇，
逃不开也躲不掉，
为什么不放轻松，认清楚，
认真努力脚踏实地地生活下去？

人生的完美正是由种种的缺憾组成的，
仿佛一块块拼图，
有棱有角，
有凹有凸，

可是拼在一起却是完整的一块，
越早认识到这一点，
越能体会生活的真谛，
品尝人生的个中滋味。

过去的时光已无法追回，
未来的日子还要继续，
与其在追悔中惶惶，
不如在当下笃定。
看清过去未来，
在自己逃不开的宿命里快乐地活着，
直到没有遗憾地离去。

新萝蔓蔓腐朽生，
归雁吐哺育雏儿。
朝花夕拾缤纷落，
明知将死亦向生。

无明而去有明回

斑驳石上，累累伤痕，浅浅手纹。
川流不息，朝贺不止，无非缘浅缘深。
合十以拜，恭恭自鄙，喃喃自语。
层叠磊天，经幡乱舞，看尽痴男怨女。

神佛所在，
总是时而喧嚣，时而静谧。
那喧嚣和静谧，都是人来人往而已。
无论塑像，贡果，法器，经幡，
原本都是极静的摆物，
大概是看尽了人世的悲欢离合，
才如此沉静吧……

之所以信仰，

是因为幸福的时候有一处可感恩；
是因为无助的时候有一处可自问；
是因为惶恐的时候有一处可安心；
是因为失意的时候有一处可倾诉。
奉着“无功利”的信仰，
却因为功利心才可散播天下，
因为人们在无信仰时普遍无明。

无明的人的痛苦无处伸张，
于是就希望抓住一切可以抓住的，
和他们一起淹没在泥沼，
沉沦下陷窒息。
你要做的就是报以同情的同时，
迅速甩掉抓过来的手，
远远地绕过去，
继续走自己的路。
因为你，
有自己的目标，
有自己的信仰。
而无明的人，
幸运的话会攀上信仰的藤蔓，
实现自以为被救的自我救赎。

无论有明无明，

见风使舵是必要的，
毕竟目的地只有一个，
人生海海，
风雨滚滚，
见风使舵，才能安然地抵达彼岸。
除非，
你的信仰就是要卫道而亡。

有信仰的人，
天生知道自己要信什么。
不需要任何引渡人，
也不需要任何宣传教化，
他只是在林林总总之中，
打量着，踌躇着，
究竟哪一宗哪一派与他的信仰契合。
可是，默默追寻的总才安全，
在不同宗教间游走的，
总被人议为异类，
“无信仰者！”
那些卫道士们喊着。
殊不知真正的信仰，
哪需要分分钟靠斥责他人而表忠心呢？

人类是聪明的，

因为创造了信仰来凝心聚力；
现代人是幸运的，
因为祖先用战争和互相碾压的优胜劣汰，
为我们筛选了相对安全的信仰。
多少人是天生的智者，
带着纯净的心默默守护？
而那么多人只有在需要的时候，
才想到，
“我总该信点什么！”
“这世上真有因果？”
“如何解脱？”
无明而去有明回，
若能在神佛处悟得些许也不枉此生了。

接天玛尼还在，许愿人安往？
经幡絮散迎风乱，圣路跪痕坎坎。
无数忏悔祈求随风散，静静迎送。
无论神听到与否，应许与否，
带着执念，步步膜拜，声声叩首，
脚步丈量转山的路，一圈，一圈。
心安。

一江离歌梦断肠

女子同学，女子同友，女子同游，
可爱萌萌，可怜殇殇，可恨昭昭。
香消玉殒为哪般，千里求学未还乡。
梦里断肠人不知，犹以我亡忆自伤。
纵使她千夫所指莫奈何，我自缥缈九天任她狂。

人们总是因为早逝的灵魂而惋惜，
像《简·爱》中的海伦，
像现实中的江歌，
特别是那些美好的灵魂的逝去，
尤其让人唏嘘。
人们想象着他们可能会有的美丽人生与远大前程，
留下同情的眼泪与叹息。
但是有一点是确信无疑的，

他们也许没法拥有生活中的美好，
却也同时不必再为生活的无奈而烦扰，
不知道哪一种更让人解脱，
是为不曾拥有的美好而扼腕叹息？
还是为不必承受的痛苦而暗自庆幸？

看到亲人的悲伤，
看到朋友的背叛，
看到奸人的逍遥，
看到众人的怒火，
悠游的灵魂又会在乎什么呢？
活着看到这些难道不会比死亡更痛苦吗？
生不如死如身在炼狱之中或许才更可怖。

一个个故事都在网络中存在，
真相如何只有当事人才清楚。
而传播着的，是人们自己心理的投射，
相信着自己愿意相信的，
摒弃着自己不愿触碰的，
众人的喧嚣淹没了本人的发声，
静看众人的表演，
生生咽下万语千言。

躲在网络背后的真实，

越来越不重要了吧。
看着一个独特而又典型的现代脸谱，
骑着共享单车，
一手扶着车把，
一手拿着手机，
衣着名牌却皱皱巴巴，
头顶时尚发型但显然早该修剪了；
还有一下巴的凌乱胡茬，
满脸的不耐烦，
因为这路口太长，
耽误了他发信息。
看到他，你就会感受到现实有多么虚幻，
而虚幻又是多么现实。

生活被虚拟世界蚕食，
出门不再带包了，
一部手机包打天下。

终于，拥有心灵美，
但外表长得很坚强的人们有福了。
这个世界终于低下了他那高傲的头颅，
每个人都躲在屏幕前窥探世界，
又藏在屏幕后，
用言语声音化妆服饰掩饰着自己，

各种道具装备层出不穷。
这是一个精神极度富裕而又贫乏的时代。
随便一搜就是经典文学名句，
幻化出一个个博学多才的魅影，
各种美图各种秀秀全方位包装，
装扮出一个个现代蒙娜丽莎和古代阿兰德龙。

人们只会相信自己所看到听到感受到的，
真实的意义正在消亡，
消亡在一个个灵魂主观的臆想之中，
仿佛从来没有存在过一般幻灭。

所以要警惕，
时刻提醒自己，
没有调查研究就没有发言权。
不要轻信，也不要妄下结论。
客观是保有自己理性的重要屏障，
在浪潮中保持定力，
不人云亦云。
这是一种沉默的智慧。
人类一思考，上帝就发笑。
而人类一张嘴，世界就歪曲。

倾听和观察都是一种武器，

让懦弱者露怯，让愚蠢者遁形。
说得多的人让他人都闭上了嘴，
最后成了一个不断出洋相的独角戏者，
对知识和智慧毫无敬畏之心，
而用自己有限的想象和道听途说的新闻，
想要赢得尊重，最后名誉扫地。

智者总是寡言少语，
但寡言少语并不都是智者。
看不穿外表的伪装，
是愚者的无奈，有时或许也是一种幸运。
一直愚蠢犹如一叶障目，
比后知后觉，
然后生出愤怒与悲伤失望要幸运得多。
快乐地蒙在鼓里直到死去，
是多少人梦寐以求的愚钝。
清醒有清醒的苦，
混沌比真实包容，
真实比混沌凌厉。

自恨未生帝王家

不知为何，很容易看到别人眼中的利欲熏心。
可能是因为人的欲望很难隐藏，
再老谋深算再城府深沉，
也很难掩盖眼神中那贪婪的闪烁星光。
或许因为当一个人的心神被欲求左右的时候，
没有空余的脑力再去抽身掩盖的缘故。

贪婪总是让人变得可笑，
贪婪的时候是忘我的沉迷，
整个人被欲念烧灼，
脑子里只有两个字“想要”，
随即变成三个字“要更多”，
仿佛衣着褴褛坐在钱堆上的人，
是书中的葛朗台，

是童话里的侏儒怪，
是原始人群里夜晚在星光下的独自狼吞虎咽，
是现代社会里在无人的豪宅中的默默数钱，
房子票子位子男子女子孙子……
自恨未生帝王家，
长叹大清早已亡。

欲望明明写在脸上却怕人发现，
急于掩盖故作镇定。
世故的人视而不见，
天真的人好言相劝，
于是欲盖弥彰，
于是恼羞成怒，
恶霸人格不择手段，不达目的不善罢甘休；
虚伪弱者退缩怨恨，内心煎熬则口蜜腹剑。
一个肆无忌惮，
一个阴阳怪气。
人皮之下化身魑魅魍魉，
足可见欲望的杀伤力何其凶猛了。

面目可憎是自然而然而又不易察觉的变化，
只有在翻看老照片时才有对比的自觉，
可惜归因时总是归咎于外，
很少会自纠自省。

有心无相，相随心生。

有相无心，相随心灭

要做到无欲无求实在太难。

欲望是人类生理的预警系统，

告诉你：

饿了要吃饭，

渴了要喝水，

困了要睡觉。

但是一旦基本欲望被满足，

闲则生出“高级”欲望不断撩拨你的神经。

有人说这是人类进步的动力，

有人说这是社会发展的源泉。

可是一旦失控，

便成了一种病。

关于病，

治于未发胜于发而后治，

防于未病胜于治于未发，

早有扁鹊三兄弟的故事说明这个道理。

登高山之巅，

望星海浩瀚，

感宇宙之广大，

叹人生之须臾。

每日作息有常饮食有节，

动静之间唯有心静，

方能预防这贪婪之顽疾降临己身。

一双平静淡泊的眸子，

自然清澈见底。

未知生，焉知死

季路问事鬼神。子曰："未能事人，焉能事鬼？"敢问死。曰："未知生，焉知死？"

——《论语·先进·第十一》

一个人的性格和价值观，
总能从此人的喜好中窥见一斑。
今天我们从"豢养"说起。

豢养狗的人，喜欢服从与被服从；
豢养猫的人，喜欢平等与自由的陪伴；
豢养冷血动物的人，喜欢沉静地欣赏杀戮；
豢养仓鼠等可爱动物的人，天真烂漫……

犬与猫，

马与金鱼，
各种与人类过于亲近的动物，
经过人类人工培育，
多年杂交，
生产出符合人类喜好的各种新品种。
而在它们的老祖宗眼里，
却无异于怪胎，
是要被弃养甚至杀死的孽种。
没有毛或疯狂生长的毛，
或者鼻子短到没法呼吸，
腿短到无法捕食或逃跑，
尾巴消失或过长……
这样的豢养无异于抹杀天性。
重塑符合人类意愿的傀儡，
这一切都是以人类为中心的改造，
是人类用漫长的世代交替对抗自然的证明。

豢养植物也是一种育成，
豢养农作物是为了收成，
豢养花卉是为了收获和美，
豢养盆景，让植物违背天性……
利用自然和非自然手段顺应自己的心意生长，
也是一种控制欲。
一种对自己品位的炫耀，

一种傲慢的杀时间。

如果植物有感觉，

一定也会觉得疼痛与扭曲，

囚禁于盆中苟且偷生。

玩电子游戏的人都知道一种养成游戏，

按照自己的想法培育植物动物，

或者是某种角色，职业，经营类型。

那种一切尽在掌握的安全感，

看到一切按照自己的意愿建成的满足感，

正是玩家所追求的。

毕竟真实世界里要做成这些事情困难许多，

很多无法预料的坎坷不顺，

而且难度不可调。

养孩子也是一种“豢养”。

曾经有朋友说，

孩子小时候虽然麻烦人，

但是很可爱，什么都听我的。

长大以后独立了，反而不可爱了，

处处与我作对，

真想把他塞回肚子里去。

前阵子看《攻壳机动队2：无罪》，

故事背景是在未来人类为了生存，
用义体代替自身受损器官，
并造出大量人形机器人的时代，
其中有一段台词：

…………

哈拉维：“人类和机器人不同。但是，那种信仰只不过是停留在非黑即白的简单区别上，某种程度上去理解人类仅非机械而已。工业机器人暂且不论，起码供玩赏用的人形机器人和Gynoid们与功利主义和实用主义无缘。为什么他们是人型？而且，有必要做成理想化的人型吗？人类为什么要如此迫切地想做出和自己相似的形态呢？你有孩子吗？”

陀古萨：“有个女儿。”

哈拉维：“孩子在通常所谓的‘人类’规范之外，也就是说，拥有确定的自我，这种完全按照自己意志行动的人才能称之为‘人’。那么作为人类的前阶段，在混沌中生活的孩子是什么呢？很明显，内在异于人类，却又有着人类的外表。女孩子玩过家家用的人偶，不是真实的婴儿的替代或是练习道具，女孩子也绝不是在做育儿练习，不如说玩过家家和现实中养小孩相近吧……”

陀古萨：“你到底在说些什么啊？”

哈拉维：“也就是说，养儿育女是创造人造人这个古老梦想的最快地实现方式。我的意思就是说，是否有这种可能性？”

陀古萨：“孩子……不是人偶！”

巴特：“不能区分人类与机械生物和非生物的笛卡尔，按照5

岁时死去的女儿的模样制造了一个人偶，取名为弗兰辛，并溺爱有加，确实也有这样的事。”

…………

人生的意义就是寻求永生。

打破自然界赋予的而又剥夺去的生命规律。

永生的意义，

精神上是创造不朽，

著书立说，成就非凡，刻碑立传，永载史册；

物质上是繁衍生息，

基因传承，代代相传，子子孙孙，千秋万代。

所以在父系社会的今天，

冠以父姓的传统让女性失去了这一权利。

冠以母姓的毕竟少数，

因此女权被压抑，是昭昭的反证。

古有秦始皇遣徐福率童男童女求仙丹，

世界各地古代帝王均大兴土木修建坟墓，

生前用大量的精力以安排永生的生活；

宗教利用转世轮回安抚人心，

电影《金刚狼2》中渴望永生的矢志田，

觊觎金刚狼的自我修复能力，

不惜代价想要取而代之；

科幻故事中用死尸造出弗兰肯斯坦也是一种尝试。

所以当这种原动力驱使人们豢养孩子的时候，
当看到自己原本理想的副本，
变成叛逆的另一番模样的时候，
愤怒失望焦虑自然接踵而来。

而对于被豢养的对象，
如《小王子》中乞求被驯养的狐狸，
只是累了想要有个安稳的情感维系，
一个永久的栖息地，
累了希望找个安乐窝。
弱小不堪的时候寻求依傍，
能独立生存便把独立意志暴露无遗。
不同于家猫和家狗安逸于被豢养，
被逼被抛弃被虐待逃走的野猫野狗，
必须依靠自己生存下去。

装傻卖萌摇尾乞怜是被豢养的代价，
任人摆布形同傀儡是被豢养的结局。
如果希望一个被豢养的对象，
即取悦于自己，
又具有独立人格，
简直是让人人格分裂成精神病。

自由意志是可贵的，

自由意志是人类异于其他生物的显著特征。
可矛盾的是人们想拥有，同时又惧怕拥有；
想自己拥有，
又惧怕他人拥有，
那超出自己控制范围的自由意志。
可是心底却不得不承认，
无论自己的意愿为何，
无论自己使出何种手段，
自由意志永远在生长，
永远不可能被消灭与扼杀。
历史一次次证明，
越是压抑越是具有蓬勃生机，
这就是自由意志的生命力，
也是人类发展的生命力。

所以当自己创造的自由意志载体终于觉醒的时候，
不要害怕，
欣然接受并坦然放手吧，
那便是知道生，也明白了死的意义。

花样年华自珍惜

买不起的东西就别看了，
吃不了的东西就别做了，
娶不到的人就别想了，
享不了的福就别念了。

算了，忘掉，放下。

人的一生就是和欲望斗争的一生。

女性追求男女平等实际是一种倒退。
光从生孩子这一功能来讲，
无论是生理上还是心理上，
女性都散发出超越人性的力量，
那是一种用自己的生命去换取另一个生命的自毁，

放弃生而为人的求生本能，
而某些宗教却说生育是神给女人的惩罚，
光从这一点就可以看出这些所谓的宗教创始人，
实则为男骗子们自私自利狭隘的本质。

对生育本能的妒忌藏在潜意识中，
女性是男性永远不能企及的存在。
无论是生产，还是哺育，
对女人来说是与生俱来的功能，
是男人不可替代的。
如果说克隆人，人体组织自繁殖等科学研究，
正在打破女性对生育的垄断，
那背后的动机又是什么呢？
是女性对生育功能的放弃？
是男性对生育功能的追求？
还是，
两性共同对永生的憧憬？

有人说现在的女人太贪心，
除了做女人，还想做男人，
因为她们要追求功名利禄；
因为她们有了爱情，孩子，家庭，
还想要工作，理想，自由；
因为她们有了票子，房子，车子，

还想要思想，经验，眼界。
人人都在唱渔夫和金鱼的故事，
唱衰故事里那贪婪的女人。

可是这些对于男人来说，
本来就是稀松平常的愿望不是吗？
怎么能在自己奋力追求的同时，
却把自己的不如意怪罪在竞争对手的努力上，
嗔怪对方连想都不能想，
这不是懦弱的体现是什么呢？

二胎时代来临，
女人多了很多事去做，
看上去法律维护了很多利益，
实则人力资源管理者招聘也多了更多隐含条件。
未婚女性的简历被抽掉了，
二孩妈妈的简历被抽掉了，
或者你必须有结扎证明，
或者你必须拥有再无生育可能又会有几十年给资本家工作的身体……
这些世世代代被女人的无私和退让，
惯坏了的男人们，
这些无法实现自己，被男人威逼利诱的女性帮凶们，
对这样的行为不以为耻反以为荣，

可怜，可悲，可叹。

成就自己还是成就他人，
取决于价值判断，
是值得与不值得的问题。
没有人愿意承认自己相较于他人更无价值。
要证明自己的价值，
是虚张声势地吼叫，
还是脚踏实地地耕耘？
只有在真爱面前，
才有真正的爱护与崇拜，
才能义无反顾地奉献自我，成就他人。
这样的事情，
母亲在做，妻子在做，姐妹在做，
鲜见父亲，丈夫和兄弟的身影。

所以女人的奋斗本就孤独，
成就自己的欲望和冷酷现实的搏斗。
在成就父亲，丈夫，兄弟和子女的时候，
在追求自我与放弃之间狼狈摇摆不定。
所以我们看到江歌的母亲而哭泣，
所以我们听到沈炼对北斋说“尽情地画”而唏嘘。
一个是现实，一个是幻想，
到底哪个更让人心酸窒息？

当你看到，
如果一个女性在这个物欲横流的世界，
凭借着一己之力苦苦挣扎，
是鼓励支持平等对待，
还是拆台起哄落井下石？

呐喊是没有用的，
因为没人在听。
咬牙坚持下去，
或许会有黎明。

生死不贰立命时

生命是一条艰辛的道路。

生命的完整，

是由一个个个体的顽强与执着延续的。

从母胎中开始，

历经出生的惊险，

出生后每一步的成长，

都那么不容易又充满惊喜。

婴儿不会说话，

眼中蕴含智慧之光，

对身体缺乏控制力。

很多人认为婴儿无知无觉，

其实不然，

婴儿的智慧常使人惊叹，

孩童的话更常常富有哲理。

随着婴孩长大，
当人学会控制自己的肉体，
却实际上被肉体的各种欲望所控制。
心有心的欲望，肉体有肉体的欲望，
欲望交织的网层层叠叠，
把灵魂束缚，
让灵性蒙尘。

欲望让人前进，
但只具有肤浅的意义。
前进到最后是什么？
追求到最后是什么？
也就是前进。
也就是追求。
原来，
一切意义都在于过程，
因为结果也只是短暂地给予你悲欢哀喜。
正因为结果的虚无，
才会有再一次欲望的攀升，
因为虚无而一时的满足并不能让人类满意。

这个过程中的快乐或许才是人类生命的真谛。
所以在忙忙碌碌没有尽头的人生真虚幻，

错过了孩子的出生与童年，
错过了父母的晚年与故去，
错过了妻子的美貌与娴雅，
错过了丈夫的伟岸与体贴……
这种错过并不是没有经历与陪伴，
而是心迷失了方向，
拥有时不自觉，
失去时才惋惜，
这些都是人之常情。

至老时，
回首往昔，
有的人豁然开朗，
有的人执迷不悟。
但人仿佛退回婴孩时期，
弱于言语行动，
眼花耳聋，
生活渐渐不能自理。
这就是人生的旅途，
纵有起承转合，
也逃不出生老病死的规律。

人生是宿命还是掌握自己之手？
如《了凡四训》中谈到，

能做到丰歉不贰，
穷通不贰，
夭寿不贰，
即视丰收与欠收，满与缺一样，
穷困与富裕一样，
短命与长寿相同，
遇人憎我毁我也自能恬然容受。
这样的境界一旦达到，
命运便掌握在自己的手里，
也就是立命时。

世间事莫过于生死，
是非善恶原本就是你中有我我中有你，
交织往复，周而复始，变化无穷。
拿善恶来说，
想人恶即是恶，
说人恶也是恶，
本以为揭露是正义，
而心中有恶则看人皆恶。
从恶中能看到善，
再感受不恶不善至无感，
是否就是无分别心了呢？

恶言恶语是内心的表露，

是心灵苦痛的垃圾不能自我消化，
心力不足而恶意反噬的结果。
遇上自善者独善其身，
包容一切也可能是纵容无度，
任凭他人堕落是否也是一种恶呢？

当面临生死，
为什么同样步履蹒跚，
同样生活不能自理，
同样情绪不稳定，
同样任性吵闹，
人们却多热爱婴孩，厌恶老者，
这难道不值得深思吗？

因为一个是希望，
一个已绝望吗？
因为婴儿纯净，
老者污秽吗？
还是因为一个只有未来？
一个只有过去？
一个近终点，
一个在起点？
如果你能事老人如事婴孩，

那才是明白了人生的真谛。

我们欢喜地迎接一个崭新的生命，
也应欢喜地送走一个历劫的灵魂。
一来一去，
正是我们人生的洗礼。
婴儿拥有无限可能，
而老者拥有无穷智慧与秘密，
从他们身上看到一个个人生。
无论是辉煌是平凡，
是高贵还是贫贱，
在生死面前一律平等。
这一幅幅人生画卷，
就像一位位老师在为你指点迷津，
让你的人生更丰富，
让你的思想更深邃，
这是一种普天之下最温暖的情感。

用待婴儿的宠溺待老者，
用敬老人的恭敬敬新生，
让你没有分别心。
天下之事，只有生死，
视生视死如一致，

生死不贰立命时。

生命珍贵，心存敬畏。

便是得道了吧。

劈开混沌见清明

一棵树是怎么长歪的?
一个人是怎么衰败的?
健康的树看起来都是一个样,
不健康的歪脖树各有各的歪法。
好干部的好处千千万,
坏干部腐败起来都离不开权钱色。

种什么因,
结什么果。

人生在世,
不光要庆幸自己的活,
还应该庆幸自己没长歪。
翡翠玉石,

也该庆幸自己历经劫难，
能遇上有缘人而熠熠生辉。

正如一块璞玉，
在地底高压下的自由流淌，
如同戏子般戴着镣铐舞蹈，
寻到缝隙后一飞冲天的奔放，
随后是坠落凡尘瞬间凝固。
千万年风霜洗练与激流冲刷，
软弱的外皮变得坚硬而斑驳，
朴实无华包裹着璀璨夺目，
默默隐藏在泥浆之下。

如果不是因为这个世界上有人类，
估计地球上的万物生灵也就自在地存在。
无知善恶是非美丑，
石头静静地等待有缘人的到来。

正如每个人是这世间独一无二的存在，
每一块石头都是独一无二的，
价格只是人为的标签，
依照大多数人的喜好，
把本来的天赐分出了三六九等。

过去人们喜欢白璧无瑕，
接着喜欢红翡绿翠，
玻璃种、冰种那都是没人要的次货。
现在又开始喜欢冰种玻璃种的纯净，
然后因为玉雕大师的创意，
又爱上了变化多姿的飘花，
和冰雪童话般的雪花棉。
还有什么是如人类这般变化无常的呢？
那大概就只有每一块都独特无比的翡翠了。

收藏，是因为喜欢，因为爱。
如果是为了日后升值后卖个好价钱，
那便是投资了。
真正的收藏家，
将藏品视为珍宝，怎可能轻易与人。
独特的，这世上只有一件的珍宝，
那是倾国倾城也不会换的。

再价值连城的东西，
你也只能拥有一时；
辛勤付出赚取的金钱，
换取一时的拥有之乐；
眼前的一切和拥有的一切也是一样啊，
有缘一聚，

无缘了了。

所以，

何必执着呢？

玉不琢不成器。

如果把琢玉比作人的成长，

为什么璞玉雕琢之后成为传世珍宝，

而有的人历经苦难却成了魑魅魍魉呢？

玉之所以成器，

是因为璞玉遇上伯乐，

好玉遇上好工匠，

作品遇上收藏专家，

一切都是因为“懂”，因为珍爱。

那些不幸的石头遇上了不对的人，

不是切坏就是雕坏，

要么就是没保存好磕碰摔碎了。

石头是被动的，接受一切对于它的好与坏，

好了就是好了，坏了也就坏了。

觉得高兴的是人，觉得可惜的还是人。

而有的人之所以长歪，

是因为不幸的人遇上不幸的事，

一颗心被荆棘越勒越紧，
用一生去纠缠，习惯了黑暗，
于是看见阳光就憎恨，看见花蕾就摧毁。
而懂得自救自强自立的人，
哪怕黑暗中仅有如豆般的星光，
也要砥砺前行，
活出去，活在阳光下。
人是自动自觉的生物，和石的被动远远不同，
想要阳光就能阳光，
想要阴暗就会阴暗，
关键是“我”，是“选择”。

每次看到阳光灿烂的生灵，
都要赞美生命的伟大与奇迹。
而阴暗猥琐的灵魂随着语言暴力和龌龊的行径，
暴露在阳光之中，
只有炙烤与消散，
在历史中留下败笔，
活在自掘的坟墓中，
继续自我折磨与绝望啃噬，
滋养阳光下的土地。

是恶让善更加的善，

是丑让美焕发光彩。

假恶丑的意义除了自证之外，

就是为了衬托真善美。

混沌自开，清浊分明。

心有福田勤浇灌

时常听到有人这样批判鲁迅先生之类的人：
拿着国民政府的津贴还骂着政府的错处，
批判的理由是其人食人俸禄还口诛笔伐，
将这种批判上升到了为人是否忠诚的高度，
其实这都是人之常情。

拿着刚发的工资骂老板的有之，
天天上学依然厌学的有之，
吃着父母的饭菜挑肥拣瘦的有之，
床头吵架床尾和的有之，
开门做生意背后骂客户的有之。
就连吴宗宪一面主持金钟奖增加曝光与人气，
一面说金钟奖没有给《我猜》评奖，
但是骂过之后，

继续工作，继续上学，继续赚钱，继续生活。
说鲁迅先生骂政府就是爱政府，
因为希望它变更好云云，
为这种行为合理化而解释，
这些其实都不重要。

会这样满腹牢骚的原因，
就是外部世界没有按照自己的想法来运行，
也就是执念扰人的关系。

已经知道这个世界潜规则的荒诞可笑，
就不要追求那些，
通过这个荒诞可笑规则诞生的功名利禄。

表面规则的公平正义是一种广告，
是给人看，给制定规则者自己贴金的手段。
正能量的义正词严是一种伪装，
但其功能性在于，
吸引那些制定这些规则时想要吸引的能力人群。
一旦通过表面规则筛选了能力者，
潜规则就会来区分不同价值观的人群。
表里规则两相匹配，
就是为了使队伍成员更加符合核心追求的需要，
任何组织莫不如是。

许多规则是组织领导者制定的，
是为他服务，
是为他领导的组织服务的。
你既不想成为组织的一员，
又向往这个组织规则所能给予的权和利，
在得不到与想得到之间来回挣扎，
那如何不会痛苦烦恼呢？
所以才会有宣泄与牢骚。

但是任何组织都不喜欢有人搭便车，
就是不符合组织需要又需要组织供养的人。
表里规则就是为了筛选掉不符合目标的人，
即非能力者或非志同道合者，
这是非常现实的。

所以，不是放下就该自立。
心安理得地成为边缘人，
或是另起炉灶自立门户。
这就看你是追求清贫平静的生活，
还是必须成就自己完成自我使命。
逍遥派还是激进派都是选择，
但就不好做牢骚派了。
吐槽是娱乐一下的好，

天天念成了祥林嫂，
就算苦也如久泡的茶包寡淡无味了。

天真的人，
怀有妄想和贪欲的人，
还在怪圈中走不出来的困兽，
才会一面批判，一面向往。

公道自在人心，
所以才会有十里长街送总理。
哪怕是并未与总理贴近受其恩惠，
也诚心敬仰他的为人。

慧眼识真，
看破才能看开看淡。
外物都是虚妄，
真正的力量在自己的内心。
追求本心的平静祥和，
感受宁静致远的淡泊，
身心才会真正轻松，
也才能成为真正的智者。

心有福田勤浇灌，
切莫荒芜艾草生。

远离凡嚣自逍遥

都是在人群中，
絮叨指责与指桑骂槐，
欢乐悲喜与忙碌徘徊，
慢慢地从震耳欲聋变成了蚊舞蝇飞，
然后就只见张牙舞爪与眉飞色舞，
成了看着热闹的默剧。

原来心的平静就是如此。
当你从舞台上的演员，
变成了台下的观众，
从第一排挪到最后一排，
直到走出剧场，
外面一片灿烂阳光。
而你精神爽朗，

回望最后一眼，
舞台上的人们依然深陷戏里，
孜孜不倦地扮演着自己也莫名其妙的人生角色。

台下的观众或随之悲喜，
或神情木然抽离。
悲喜剧永不落幕，
而演员换了一批又一批。

悟出人生真谛即无常的人，
各个时期都有。
他们或呐喊或沮丧，
或著书立说或大声疾呼，
无外乎要警醒世人，
切莫痴迷于无妄相争，
切莫耗散于虚无渴求。
但是，大部分人还是充耳不闻依然故我，
过着自己也不明白真正意义的生活。

庸人有庸人的法则，
也习惯于将这些法则套用在周遭所有人身上。
所以当碰到违背法则的人，
通常是不解，然后惧怕，最后到憎恨的过程。
仿佛电影《新少林寺》里的台词：

“你不死，我睡不着啊！”
他若不悟，
你若纠缠，
那便是作茧自缚。
逃避或许看上去懦弱，
但却是明智的选择。

烦恼的滋生是人本自然，
悲苦也是人之常情。
但是心想事成，
想要阳光快乐就能够得到，
想要轻松自在也必定可行，
为什么呢？
心使然。

烦恼的滋生都是因为无谓的欲望得不到满足，
悲苦的侵蚀也是因为无能为力与追悔莫及。
欲望使人奋进也使人贪婪，
为自己不能做到的事而难受更是无谓之举。
想着种种如果而追悔是因为不够客观，
因为一切事情的发生并非单一因素所能决定，
必定是千丝万缕的缘分纠葛才走到这步田地。

你若不信，

不妨自立遗嘱一封，
篇幅再长也有限度，
长则喋喋不休，
短则寥寥数语，
而谁的人生是书不完的呢？

写完后，
往事历历在目，
后事清清楚楚，
可都与你无甚关联。
你就会明白，
你就是你，
个体就是个体，
生老病死的无常也是有常的道理。
一本书总有读完的时候，
合上书便是自在了，
何必一直纠结在字里行间？

坚持正念，
是不偏不倚，
是明白万事皆有因，
是明白因果相依。
明白了，
自然活在当下，

自然自在安详。

为自己力所能及而努力，

为自己力所不及而放下。

这样的人生，

还有什么不逍遥的道理？

阴阳五行，

顺应天道自然，

人自然可以吐故纳新，

身体轻松，

心灵宁静。

远离凡嚣自逍遥，

虽在凡尘如仙境。

跳脱苦海常感恩

看到长辈因为几十年前的旧事怨愤痛哭，
人到暮年仍对青年时的委屈念念不忘，
这些怨念仿佛魔障耗散着人们的青春。
人生没有回头时，
活在过去并且总是念及苦痛，
那是一种精神自虐的强迫症。

眼里看到的全是他人的错处，
以往同这人宣泄对那人的牢骚，
如今那人不在了，
这人又成了贬损的对象。
时刻看到的都是恶，
想到的也是恶，
如同活在人间地狱般却不自知。

对他人的看法一成不变，
这就是成见；
对他人的看法不加以调查研究，
仅凭主观臆想即下论断，
更是成见。

人不是一成不变的。
看人也仿佛盲人摸象，
总也看不到全貌，
知其然不知其所以然，
看不到背后的缘由，
这也是我们时常与他人产生误会误解的原因。
因此不妄断就是无成见的开始。

缘是短暂的。
一面之缘，
同事之缘，
手足之缘，
母子之缘，
最长也不过几十年，
时间里的沧海一粟。

在一起的时光那么短暂，
可依然有很多人将这短暂的时光，
用来互相猜忌，贬损，指责，吵闹……
直到生命终结。
先走的人自在了，
还在的人依旧执迷不悟。

如果这短暂的缘分，
充满着温情关爱、和颜悦色，
充满着推己及人、轻言细语，
幸福岂不是唾手可得的事，
为何还要自怨自艾怨天尤人？

一面在抱怨人生的苦，
却不知道快乐就是转念的事。
玻璃擦得干净，
想的是这人要面子，
而不是这人爱净勤劳；
看到媳妇出远门带很多尿布，
嘲笑她蠢笨不懂哪里都可以买，
却不想想婴儿长尿布尺码却不会变，
不知道欣赏她的勤俭有道；
责怪配偶不会带孩子导致孩子淘气，
忘了孩子也是自己的孩子，

自己也有责任；
和宅男生活只觉得无趣，
却看不到他顾家忠诚与体贴；
总在认为外面的缘分更吸引人，
却忘了灯红酒绿之后是逢场作戏；
一直埋怨自己的老公没本事，
却不想想为了虚名浮利终日奔波，
有老公也等于没老公……

鱼和熊掌都想要，
最后全是一场空。
嗔怪痴想，
苦痛怨愤，
都在于贪。
要戒贪念，
唯有转念。

这世上没有无缘无故的爱，
也没有无缘无故的恨。
但是任何爱恨，
其实都与他人无关，
而与自己有关。
他人的可厌恶之处，
恰恰是自我可厌恶之处；

他人的可爱之处，

恰恰是自己可爱之处；

维护他人的缺点，

其实是在掩盖自己的不足；

在意别人的评价，

正是因为不想自我评价；

过分关心他人，

很多时候是寻求他人关心而不可得。

我们总是用自己最喜欢的方式爱别人，

我们总是用自己最害怕的方式恨别人，

却不知道被爱的人不是你，

被恨的人也不是你。

所以想让对方感受爱却变成了对方的负担，

想让别人难过却被生生忽略而更气愤，

起心动念都是可笑的虚妄却不自知。

总想着他人即地狱，

却不想自己应先为天堂。

活在地狱之中还是天堂之上，

全在自己的心。

逼迫独立的孩子读书、工作、结婚，

逼迫迟暮的老人吃药、打针、手术，

不倾听他人的心声，
不畅谈自己的感受，
于是一个装聋作哑，
一个焦虑万分。

不知道适时放手而随缘，
用缘分去强求，
都是损人不利己，
更是让自己和他人痛苦的事，
背上感情的债，
用情感去勒索，
不知道是爱还是毁。

将自己一生的不如意，
全部怪罪到自己受别人的伤害，
不是原生家庭就是社会制度，
不是生不逢时就是奸人陷害。
仿佛有人承担罪名，
自己就可以不努力而自我原谅。
一次次的打开伤疤炫耀，
却忘了自我疗愈后勇敢前行。

唯念众生脱苦海，
只愿人人常感恩。
惜缘惜福和颜色，
感念感怀福田盛。

醉梦

醉梦里彼岸花开

彼岸花开，
历经几多流连？
只是时光，
无语消逝眼波流转之间。

不待回眸，
青花窗映玉烛摇曳；
孤单只影，
红豆枝隐雨雾缥缈。

大雨再滂沱，
也洗不尽人间；
水雾尽朦胧，
亦掩不去哀伤。

醒着，
犹如梦游；
梦者，
宁愿不醒。

可是，
彼此都可思尽的未来，
生命不止，
轮回不休。
怕的不是不可知的命运，
而是眼睁睁地
看着
宿命一日日逼近，
颤抖地倒数，
闭不上眼也躲不开去。

历劫千万载，
修得彼岸花一朵。
洗去凡尘罪恶，
留取圣洁独我，

旧叶累累，
方知一念向往。

万事皆空，
何必执着。

救人是执念，
救我也是执念，
随缘待悟，
水到渠成。

浮生一瞬醉梦里，
看尽多少繁华。
彼岸花开一瞬间，
历经千万风雨，
放下重负笑苍生，
一念天堂地狱。
缘起缘灭自然成，
都是浮云散意。

幻境天童梦奇缘

我吹个泡泡，咬着它上天。
逃离豚鼠的追捕，麻雀的唠叨，泉水的呜咽。
一分钟前，它们愕然地看着我，飘远。

来到梦中的家园，
赤脚着陆在青翠的苔藓。
田间的雾霭很浓，很凉，
穿过我的衣裙，
穿过背后的高高的芦苇花，
穿过小木屋的玻璃窗……

我故意不走门前的沙土路，
偏偏要穿越一片芦苇花的领地，
鼹鼠弟弟跟着我的脚步，

在浅浅的脚印里玩耍，追逐。

总有几只顽皮的芦苇花钻到我的面前，

侍弄我的鼻尖，

让我打喷嚏，阿嚏！

惊得她们花枝乱颤，

一波波把我推前，推前。

眼前豁然开朗，

铺着碎石的马路在路那边一望无边的原野面前，就像画框最下端的边缘。

层次不同的种种绿色构成的背景之下，

薄薄的雾气仿佛柔丝，

仿佛细纱缠绕着或远或近的树腰、屋梁，

涌动，涌动。

深深地呼吸，

清凉湿润的空气带着原野的芬芳，

所到之处仿佛经上帝的手抚摸之后的洁净。

路的一端传来叮叮当当的声响，由远及近。

手中的书信挣脱束缚，

飞向天空，游向苇塘，

化作雪白的飞鸟，化作银色的游鱼，

离我而去。

那些只是白色的一片，一片，

各种墨迹印在我的皮肤，
渗入我的身体，
烙印在我的血管，我的心。

路的一端传来叮叮当当的声响，渐渐逼近。
一只黑鸟停在我的帽檐，
才发现，我是田边的稻草人，
无知无觉，破烂的衣衫遮不住稻草芯。
脸上总是挂着憨傻的笑。
一只，一只，一只的黑鸟，
停在我无力的肩膀，
我自己的手臂都要仰仗木料，
你们就请别开玩笑。
黑鸟早已习惯我的表情，
无所谓地大呼小叫。

路的一端传来叮叮当当的声响，已在耳畔。
黑色的骏马却拉着一辆破旧的马车，
橡木的车轮上斑斑裂痕，
我说，用铁树来做就好啦，
那可是世界上最坚硬的树啊。

我慌忙捂住嘴，
柔软的嘴唇和冰凉的小手，

马车上的老爷爷说，
王子等你好久了，快上来吧。
马车的门开了，
车上没有一个人，
我上车，向黑鸟们招手告别，
它们却仿佛看不到我，
啄着车后巨大的尾巴，
有鳞的鱼尾，
雾霭仿佛海浪，卷曲，翻腾，
黑鸟们啄食着翻滚的雾浪
混合尘土带来的各种小虫，
贝壳的化石，亮晶晶的宝石，
饱餐了一顿。

耳畔的叮叮当当，响个不停。
沿着通天的白色巨桥，
女巫在银色的马车里发出惊叫，
破洞的巫师帽在桥洞中飞舞，
驾辕的卫兵穿着火红的制服，
脸上挂着诡异的微笑，
鞭子在他手里欢跳。
阳光下闪光的是独角兽缎子似的皮毛，
还有晶莹剔透的犄角，
女巫的枯手妄想抓住

舞动的鞭子，
回到手中的只有破帽。

士兵回头狡黠一笑，
别急，就快到。
路的尽头是彩旗挥舞的白色宫殿，
望望脚下，只有云在欢跳。

紫樱花梦独角兽

紫色樱花林里的黑白独角兽，
就在那儿翩翩起舞，
和背景朦胧化影，
倒影在深邃的湖面潋滟。
这是一个常来的梦，
樱花的转瞬即逝，
独角兽的不真实，
黑与白的暧昧，
暗合梦境的虚空，
也许湖面倒影中才是真正的世界吧。

独角兽飞扬的鬃毛，
扬蹄嘶叫，咆哮。
要踢碎无尽烦恼，
还是踏破一切虚无？

这时的它暗黑无比，
肃杀如阴王坐骑。

时而转白，
天使一般，
光洁如玉的背朝向我，
闪亮的犄角随着头转过来。
那晶亮的眸子在半睁着的眼睑下，
用余光问我，
你还不随我去吗？

我要去的，
我们都要去的，
只是有的先，
有的后。
先去的先解脱，
后去的莫着急，
离开的别留恋，
送别的别惋惜。
因应自然天道。

若要先走，
便知一切命定，
随缘安心。

霓裳百态眼迷离

田园牧歌

当那牧歌响起，
当雾霭迷离，
清润的甜香中，
走来一位少女。
宛若一抹晨光，
宛若一树桃李，
笑容灿烂阳光，
尽展芳华无尽。

跋涉

自古女儿多浪漫，

从来须眉胜巾帼。
如今丽人当自强，
一缕轻盈伴我行。

黄沙滚滚何足惧，
瀚海无垠又如何。
志存高远天地宽，
迤逦前行战不平。

简爱

信步人群中，
就这样相遇的你和我。
你以为的缘牵一线，
不过是与我相见时，
白皙的一面，
低头时青丝与粉颈的摩挲，
漫步时凹凸有致的若有似无，
沉醉在一抹幽蓝里，
如你深邃如潭的眼底。

雅素

自古尊礼素为美，

雅黑贵胄之物。

曼妙春色重纱遮，

神秘莫测如雾。

锦鲤轻纱啄尾裙，

吞吐宝珠无数。

如云如雾缥缈仙，

回望巫山无故。

暗花

香肩微露，一抹云霞，唯有暗花逼人醉。

丝丝缕缕，万缘垂下，春色如梦繁花坠。

酒醉的探戈是迷离的媚，

切莫嗤笑守身如玉的美。

你若不对我不醉，

独留一腔爱与泪。

酒红的暗花，

在极致的织纹里摇曳生姿，

实现百变女神的梦想。

少女般清纯，

轻熟般美艳，

修女般稳重，

神女般神秘。

画中人

我就是想这样看着你，
看千千万万个世纪。

自画像里是我，
无数作品里有我，
我的画笔留我在画里，
那里是我的轮回之所。
在画上看你，
陪你一次次轮回，
陪你一个个世纪。

此生与你相遇，
不知来生你去哪里。
只希望你可以看到我，
在一幅幅画里凝望你，
在这里等你，
度过一个个四季，
守着无数次日落。

我就是想这样看着你，
看千千万万个世纪。

漆黑夜里的等待

他：

“周围漆黑一片，
这个深夜里，
走在市中心这片被人遗忘的土地，
悠然自在的是我的身体，
惶惶不安的是我的内心，
淡定平和的是我的灵魂。

“就是前面那块碑。
太拥挤的城市，
即使在这里，
安息者也只能得到一块墓碑的位置，
化成粉末挤在一个小盒子内，
蜷缩在黑暗的泥土里。

夜来香带来的迷幻气息让我沐浴其中，
淡淡的清凉感觉。
踩在久未清扫的道路上，
枯枝和落叶咯吱作响，
是否惊扰了安息的灵魂？
风搅拌着草木的清香与薄薄的雾气，
洗涤着被人遗忘的墓碑，
安息者的灵魂坐在墓碑上休息。

“她大概也正在看着我，我看不见她。
闭上眼抚摩着花岗岩的碑身，
仿佛抚摩着她大理石般洁白细滑的脸庞，
犹如那最后一面一般冰凉。”

她：
“他又来了，
每天这个时候，
他孤独的身影穿过薄雾向我走来，
轻抚我的脸庞，
英俊的脸上，带着忧伤。

“隔壁的琳达婶婶和山姆叔叔
这个时候总是喜欢在城市里散步，

或者回去看看自己的老房子，
而我，
仿佛已经习惯等待他的到来。

“当我的身体还是温暖的时候，
我不记得我见过他，
可是，他却仿佛早已经认识了我。
这里已经被人遗忘了，
除了一年中的那一天，
很少有人来，
而那一天，
他是不会来的。

“他从不和我说话，
不像妈妈，
当着不耐烦的继父的面向我唠叨，诉苦，
鼻涕眼泪都滴在我的碑上，我厌倦了她。
穿越几个省来这里看我，
她憔悴的脸让我心疼，
絮叨的话语让我生厌。
我活着的时候她和我说的话，
还不够她如今看我一次说得多。
如今的牢骚，更多是说给她现在的丈夫听的吧。

“今天我突然很想听听他的声音，
他该说点什么了，
三年了，
虽然他的沉默比起妈妈的絮叨让我安心得多，
不过，
我突然那么想听他说话，
这样的欲望让我仿佛有了温度，
碑上的露珠也仿佛成了我的汗珠。

“他只是站在我的身旁，不说话，
香烟的微光一闪一闪，
温柔得就像跌落凡尘的小星星。
我靠在他的身旁，
看着烟从他薄薄的唇里吐出来，
仿佛水中的鱼儿吐着泡泡，
我追逐着这些烟圈，
从它们中间穿过去，
然后再把烟吹向他，
他终于发出声音了，
是咳嗽声，
呵呵，真好玩。”

他：
“顽皮的风吹着我吐出的烟，

熏得我自己咳嗽了起来，
看着碑上她的照片，已经泛黄。
真想跟她说点什么，可是……

“那时的每个清晨，
是我一天中最快乐的时光，
看着她小小的身影掠过我的窗，
就像温暖的阳光照射进来，
微微卷曲的头发，
她是我的缪斯，
一天的写作就从她的微笑开始。

“街角的枫树看着我痴痴地尾随她的目光，
也会抖动几片叶下来对我嗤笑，
可是枫，你知道吗，
她对我如此重要，
虽然每天只是那短暂的几十秒，
却是我生命中最最幸福的时刻，
就像那可爱的小百灵在你身上停靠的几分钟，
你不也屏气凝神得不敢动弹一下吗？

“她在另一个街区的面包店上班。
我曾经跟着她轻快的脚步去过那里，
可是，她的身影消失在茶色的店门之后，

我却不敢进去了，
只是记下招牌上的电话，
回到寓所，让店里的伙计把面包送过来。

“记得有一天上午，估计伙计请假了，
我从门里居然看到了她黑水晶般晶莹的眼睛，
她只是摁着门铃，
我久久不敢开门，
她不耐烦地捋了捋头发，
微微噘起小嘴，可爱极了。
我正在犹豫着，
她轻轻一跺脚，居然转身走了，
我只能低头轻叹，嘲笑着自己，
直到下午伙计再次把面包送来，
我接过她怀抱过的面包袋，
放在桌上，
望着，
度过整整一个下午。”

她：
“他又在出神了，
不知道在想什么。
他的手很大，从不留指甲，
左手的中指的第一个关节上有个硬硬的茧子，

看样子他每天都要写很多东西，
是作家吗？还是诗人，或者，是个学者？
太深奥的东西我是不懂的，
我只知道用热的盆和面不会粘，
还知道在馅里面放少许牛油口感会更好，
照顾婶婶的花，给大丹洗澡。
只是现在，我已经不能做面包了，
也不能再给琳达婶婶浇花了，
大丹也不需要我给他洗澡了。
幸好，还有他每天来陪伴我。”

他：
“她抱着面包探访对面独居的琳达婶婶，
直到琳达婶婶去世，
还有每个星期天早晨给山姆叔叔的狗大丹洗澡，
直到大丹老死，山姆叔叔也生病死去。
偶尔路过他们家，
她仍然会停住脚步，望着上锁的空房子出神。

“一个阴霾的早晨，
她突然哭泣着从我窗前跑过，
后面是一个满脸愁苦的妇人，
看得出，这妇人年轻时很美，
脸上居然有她的影子，

或许，是她母亲。

“我从窗户探出头，
那妇人追上她，哀求她什么，
她只是低头哭泣。
突然，那妇人打了她一个巴掌，
她一个趔趄，差点摔倒，
我的心仿佛被一只巨大的手狠狠地捏了一把，
就在这时，一辆飞驰的卡车驶过……

“我记不清了，
只记得我第一次那么近地站在她身旁，
她小小的身体躺在红色的马路上，
马路仿佛河流般流淌，
她扭曲的四肢像个玩偶，
空洞的大眼睛望着天空。

“枫，
一片叶旋转着，
仿佛一个音符，
小心翼翼地落在她的头发旁，
和细软的发丝一起，
浸润在红色的马路上，
仿佛镶嵌在画框里。”

她：

“那天母亲又来找我要钱，
我刚付完房租，
仅剩的两百块钱给了她一百，
剩下的打算作日常开销，
她却不答应。

“她总是这样，
哭诉着继父的种种不是，
展露胳膊上的瘀伤，
她抛弃我和爸爸跟那个男人走的时候，
大概从没想过今天。
只是爸爸死后，她才又回来找我。
呵，活着的人永远不会理解死者的快乐，
那辆卡车撞了我又逃走了，
其实他本不该逃的，
因为我想谢谢他。
如今，每年的那天，
那卡车司机会躲在远处偷偷地看我，
等妈妈他们走了，
也会放一朵百合花在我面前，
摘下帽子，说一些对不起的话。
我抚着他的额头，宽恕他了，
他应该能够感觉到，

因为离去时的脚步明显轻快许多。

“那天我飘在空中，
看着我的身体躺在红色的马路上，
马路仿佛河流般流淌，
我扭曲的四肢像个玩偶，
空洞的大眼睛望着天空。

“枫，
一片叶旋转着，
仿佛一个音符，
小心翼翼地落在我的头发旁，
和细软的发丝一起，
浸润在红色的马路上，
仿佛镶嵌在画框里。

“周围站满了人，
有面包房的伙计，
几个闲人，
自然还有号啕大哭，吓傻了的妈妈。
我在空中，
脸上已经感觉不到她那一掌带来的火热与疼痛，
也看不到人们诧异的眼神，
妈妈布满眼泪的脸，

还有孩子受惊吓的瞳仁。

“风从我耳边呼呼吹过，轻快极了。

“从我住在这个墓园开始，
他就出现了，
他应该是认识我的，
很有可能他还吃过我做的面包，
莫不是他怀念我的手艺了，
呵呵，爱上我?
真是这样吗?
我感到仿佛自己又有了体温，
轻轻碰碰他的唇，
谢谢你，陌生人。”

他：
“每天写作到深夜，
睡前我总是去看看她，
曾经鲜活的身影，
曾经悲伤的眼泪，
灿烂的笑容，温柔的叩门声。
我不吃面包，
因为对酵母过敏，
不过，我喜欢闻她做的面包，

香甜的气息里应该也有她的味道吧。”

她：

“总有一天，
等他来到这里住下的时候，
我要好好和他说说话，
不过那时，
他或许已经和山姆叔叔一样老了，
或者比山姆叔叔更老，
呵呵，陌生人，
我会等待你的到来，
也就是，
不再是每晚的短暂停留，
而是永远地陪伴。”

他：

“我该回去了，
她应该也要睡下了，
或者，才刚刚醒来，
谁知道呢？”

那喀索斯的自溺

湖：
“酒神的甘泉，
再次倾注焦枯的湖底，
春天再一次地到来。”

那喀索斯：
“春再次到来，
寻觅酒神的甘泉，
顺着花香与蝶舞的方向去。”

湖：
“尽管已经被冬日折磨得几近绝望，
可是蔚然天空和盎然绿意，
伴随着樱桃的甘润多汁，
再次荡漾在柳荫下的轻波里。”

那喀索斯：
“湖面倒映着天空，
阳光与蔚蓝穿过薄雾，
分不清自己身在何处，
是天上还是梦里，
是水上还是陆地。”

湖：
“来吧，少年！
如果不是遇见我，
你从不知自己如此俊美。
来吧，少年！
簇拥着的是你的影子，
从我的眼里、怀里和心里。”

那喀索斯：
“去吧，少年！
干渴地掬一捧甘泉，
浇熄喉咙燃烧的火焰。
去吧，少年！
贪婪地咽下，
却瞥见水中俊美如画的你。”

湖：
“湖水迷恋着那喀索斯的脸庞，

如此可望而不可即。
即使少年掬水饮渴，
水滴也从指缝中逃回母体。”

那喀索斯：
“那是怎样的一幅画卷？
金色的卷曲，
如玉的脸庞，
樱红的双唇，
还有挺拔的鼻梁，
更有那深邃如湖底的眼眸，
吸引着我慢慢靠近。”

湖：
“如果不在湖中瞑目，
又如何留得住你。
这离去的安详，
如同深邃的湖底，
那本就属于你的领地。”

那喀索斯：
“那雪肌如玉待人抚触，
那朱唇轻启待人探寻，
我只想亲近你，
和你紧紧融为一体。”

湖：

“来吧，少年！

沉沉睡去。

趁皱纹不曾网覆你的雪肌，

趁尘世不曾玷污你的纯净。

来吧，少年！

静静摇曳，

这里自由舒缓，安全宁静，

这里温柔缠绵，智慧空灵。”

那喀索斯：

“去吧，少年！

那里永远年轻。

去吧，少年！

那里无忧无虑。”

湖：

“因为爱上自己，

‘因为有我和你’”。

故事：

希腊神话中，有一个美男子叫那喀索斯，许多姑娘爱上了他，但他对她们十分冷淡。追求者们生气了，要求众神惩罚傲慢的人。一次，那喀索斯打猎回来，在清泉边洗脸，不小心照到了自己，竟爱上了水里的那个人，目光全然离不开自己的脸。当他扑向水中拥抱自己的影子时，灵魂便与肉体分离，化为一株漂亮的水仙花。

所以，
那喀索斯的自溺，
是因为他爱自己的倒影爱得不够久。
像道林·格雷的画像，
一旦随着时间流逝而衰老与摧残，
我想他必不会自溺而亡，
而是掩鼻离开，捂脸踉跄。

所以，
拥有转瞬即逝的美而傲慢，
是多么可笑的一件事情。
真正永垂不朽的是精神的力量，
而不是供人取悦的皮囊，
肤浅的色相总叫人疯狂，
是因为自认生命如蝼蚁般短暂，
所以凄惶，所以贪婪地追求欲望的满足。

然而人人都将各得其所，
因此那喀索斯获得神的眷顾，
化为湖畔水仙，
每日得以顾盼身姿，
看着自己抽芽发苞，花开花谢。

且听风吟清浅声

听风

风吹过，
低吟无声。
有无一念间，欢喜一瞬。
且听风吟，无谓张弛，勿负青春。

归云鸿雁孤，
雪封千尺寒。
立羽盼兮一丁沙，
婆娑清浅静夜思。
暮色洪荒，无辨空色。

千尺雪

独立，
孤峰绝顶尖，
傲然山巅，
纵横天地间。

凛冽，
风卷千尺雪，
无边晶莹，
碎霞破日圆。

清浅

清清浅浅淇淇，
玲玲珑珑琅琅，
萧萧瑟瑟簌簌，
悠悠远远长长。

舒朗长空，栈桥无遮，直上蜀山奇峻险。
葱翠幽谷，古道隐然，流下甘泉清浅疏。

婆娑

棕泉清澈，倒影曼妙无边，
金沙绵软，托盛软玉横延。
古老毯上，足尖轻点雄心万丈，
缠绕指间，风沙讲述亿万年前。

侧耳驼队铃声渐远，
发隙依稀昨夜缠绵。
回首相望蜿蜒天边，
不知再见会是何年。

一丁沙

潮涨潮落，浮浮沉沉，
一丁沙上众生。
林林总总，碌碌忙忙，
千年万世承成。
万念也只一刹，
瞬息不过一生，
无数你我一座城。

孤鸿

鲲鹏何其大，天地何其广，
何德何能，独我占洪荒。
不知来处，何以归？
归去何处，但否亦无妨。
遨游九州只影狭，
唯江河揽怀，唯日月夕照，
对影不胜欢，冲上云霄。

归云

踏歌而去，足绊百花碎玉香。
御风归来，顶有千朵软云芳。
千里之行，莫问前路迤逦，
浪子归途，休论往事忧喜。
风花雪月俱往矣，唯云上烟雨依旧。

静夜

惋叹红颜之香消陨落，意兴阑珊。
惜春日短浅，叹秋日萧瑟，
渐入冬季，苦等春来，
昼短夜长，留予人伤情悲思。
月蓝星辉空夜色，只留梦依然。

蝉翼

十余载沉寂，
只为一朝鸣。
亿万年前轮回，不改我心。
只是世事如梦，无常而已。
乾坤之间，一席之地，
百折不挠是轻薄蝉翼。

立羽

何以自喻无脚鸟般悲戚，
天为盖，地作衣。
轻如空气，
呼吸间纵横万里。
盘古万世，
运筹帷幄自在心。

空色

微尘本从无中来，
聚沙成塔形象成。
相有所迷色斑斓，
无改其质本虚空。
心自清明，莫辨有无。

但了大道，无谓空色。

盼兮

忧忆，心心念念，
听雨打残荷，盼你；
绣雪夜白梅，盼你；
箫素伴笛音，盼你；
胭脂染云鬓，盼你。
有我，有盼，
有盼，有你。

洪荒

莫问千秋万代，
不知何为孤独。

未有思想激荡，
无思未来何往。

巨浪滔滔，日夜冲刷磐石之固，
彩石烁烁，无惧雨雪风霜。

天地寂寞，唯有洪荒。

芦汀密雪

风舞沙白一江浅，残叶零落。
雪溅鹈鹕对影眠，枯枝萧瑟。
密雪覆，
难掩清秋，
空留芦花似雪，
望冬枯。

静待冰封如期至，寒玉玲珑，
晓梦雪吻似相逢，暖意懵懂。
千尺雪，
残云密卷，
暮色洪荒，
不辨色空。

听风卷千尺雪，凛冽。
倚江怀一缕愁，无言。
故人故土故国故事依然，
独身独立独守独问无明。
空留芦花，
繁茂似雪，
望冬枯。

书生

百无一用是书生，
芦汀密雪独守仁。
壮志未酬身先死，
满纸不甘照后人。

顿悟

山水缓缓，暗流涌动。
残叶飘零，静落归处。
苦行路穷处，转角遇佳音。
薰风散山岚，豁然开朗。
激流破浊潭，千浪齐飞。
洗去俗尘功与名，
脱胎换骨如初生。

心有筝音手有弦

心有筝音手有弦，
珠玉流淌畅不绝。
且看她温婉如画，且听她琴音如水。
道不尽的风月，诉不尽的初衷。
长歌当空冠南北，一带一路通西东。
丝路黄沙江南雨，千古绝唱当世风。

琉璃误

西施泪，范蠡心，
情坚如锋世如冰。
火中生，水中息，
碎玉未成染琉璃。
可怜可叹身后事，

宝剑传世默不语。

缘

微尘聚散因缘故，
试问难留汝何如？
水晶莹莹千重影，
如幻似梦独踌躇。
且惜当下，来如去，有还无。

雨莲花开

问君可闻细雨如织，漫漫诉衷情。
问君可见莲花如心，朵朵相偎依。
天意留君奴娇窃喜，唯望无绝期。
晨光至，雨声息，睡眼迷离。

流松潺

乐叟深山独久居，望岳常诉奇妙语。
松涛碧浪流水潺，佳果无尽百草齐。
世事如梦风吹去，犹叹如何不早期。
千帆过尽此生遇，来生自有缘伴君。

撒哈拉

风撩起你的面纱，唤醒时空里的她。
或沧海，或桑田，如今滚滚黄沙。
脐窝里笑靥生花，驼铃轻响旅人乏。
踏梦逐星沙雨下，一路向北寻他。

醉清波

击缶摇桨孤帆过，激起千珠唱和。
灵波潋滟倩影疏，紫菱绿萍颠簸。
平如镜，动如姬，随心随性无形。
一壶酒，一支曲，唯觉心旷神怡。

戏谑

你说劣，我说高，世事人评不嫌少。
糟心事，莫烦恼，悲喜欢忧无人晓。
这个好，那也妙，一团和气欢喜了。
来也罢，去也好，逍逍遥遥自解嘲。

月影茶心

精炭无烟铁炉红，滚滚轰鸣烟升腾。

普洱乌龙金骏眉，龙井毛尖碧螺春。
粗陶琉璃青花瓷，月下清茶待君至。
上下千年谈笑间，无非缘灭而后生。

瑰魅

莲步娉婷，媚眼无拘，
珠玉翠，华服芳。
无中生有，有无恒长，
此生灭，他生长。

无边香色

无知无觉无念，
无香无色无相。
无边无际无望，
无穷无尽无双。

唯我亦无我，
有明还无明。
无疑无意无境界，
无声无息无忧伤。

也许是湖

也许是他

也许是你

也许是晨露

也许是秋霜

也许是朝阳

也许是暮光

也许是湖

也许是江

碧梦

唯有树影摇曳，拥翠无惧骄阳。

碧绿不染鹅黄，芳草独傲兰香。

可爱丫头摇晃，红袄绝胜浓妆。

童声勿扰清梦，声声慢慢琅琅。

北方有佳人

若念寄望不如往，相思独苦何不询？

千言败一语，采撷胜游移。

花娇千芳远，花谢无处觅。

纵有百般好，孤身难如意。

无英雄，不佳人，可惜年华逝矣。

乐影

粤品江南女儿红

永庆坊传江南音，粤品江南，风华国乐。

云山下盘珠水流，文明如舟，入海环游。

民族的就是世界的，美好的就是经典的。在这充盈着粉红繁花、粉黄玉蝶、粉蓝天空、粉绿嫩芽的纯真初夏，云山珠水之中，古粤商贾之地，南粤文化精品地标永庆坊内，传出阵阵江南丝竹音，让人惊异的文化交融与碰撞，令人惊叹的唯美与和谐。这便是丁酉年四月十一在永庆坊听《意·江南》的惊艳体会。

人间最美是歌声，禅舞悠悠，妙音玲玲。

世上至真是博爱，情意满满，动人亲亲。

音乐是人世间最高层次的情感表达，是人类一切高尚情操最美好的载体。在这世间的音乐人们，他们歌颂生命的奇迹，歌唱世间的美好，用自己的天籁之音传达上天的灵性，传播人世间最美好的感情。有时候，我们甚至忘记了，是音乐让他们更加美好，还是他们让音乐更加美妙。

古有佳酿，诞儿储之，岁月酿制。
女儿红妆，子成高中，始起酒封。
为女儿红，为状元红，阖家同庆。
今有佳音，如品琼浆，如痴如醉。

MTV 天籁村，音乐盛典……伴随我度过了青春期所有的暑假，让我没想到的是，这些优质音乐节目的操刀者，这位音乐界的庖厨大师山奇老师，会在二十年后将一张《意·江南》如纯真陈酿的女儿红带到了我们的眼前，继续伴随我们的人生。

十年一剑历苍生，
叹人间，独步少年郎，对影成双遁遁。
飞水流珠玉磬声，
千尺浪，雷鸣惊鸿雁，击碎俗世庸庸。

不盲从，不取悦，不苟且，有的是纯粹的研磨，苛刻的雕琢，隐忍的坚持。正如山奇老师分享他的自信、自由、自律的“三自”原则，对理想的自信，对自由的追求，对人生的自律，使得他高尚的音乐情操在商业社会物欲横流的时代，如一品青莲独立，精雕细刻之下诞生了必将成为当代国乐经典的作品集

《意·江南》。

这个世界不缺欲望，不缺为了商业利益而放弃音乐梦想的妥协，不缺迎合大众俗文化的助纣为虐者，因此才会让人们的注意力被空洞的热闹和浅薄的逢迎塞满，找不到心灵的归宿地。是的，像山奇老师这样潜心二十年研究美学、音乐、人生的行者，才能磨砺出纯粹的音乐艺术作品，甘于寂寞的沉寂，才会有高亢的啼鸣。

宁鸣而死，不默而生。胸怀天下，才能厚积薄发，在这条梦想照耀的路上，总会有志同道合的知音知己结伴同行。在这部作品中，金牌制作人彭钧老师，以及知名音乐家艺术家戴军、张咪等都奉献了自己的歌喉，更有大师演奏，文人墨宝，以 HQ Ⅱ技术高品质高保真压制唱片，形成了立体式全方位的艺术展示，精美绝伦，展现了从创作到演绎的精良制作，以及从文案到策划的绝妙巧思，展现了当今乐坛的极高水准，给人以丰富的美学感受。

大浪淘沙始见金。艺术就应该是这样，用高尚的情操，优异的品质，引导人们崇尚真、善、美，这样人们的生活才会没有假，恶，丑的容身之地。这一点，山奇老师和他的团队做到了，这就是中国音乐人的良心，中国文化之魂。无外乎这部小众传播的作品，会成为中国新文化的标志流传海内外，获得大家的喜爱。

回归音乐本真，游子听到了母亲声声呼唤，垂暮之人回味了百味人生，初生婴孩静心聆听天籁之音，开启心智，开悟灵性……这一切的一切，不正是音乐的美好与价值所在吗？

听赏会的最后，得知《意·江南》将推出纯音演奏版，多么让人期待！这将会是另一种纯真体验。相信在山奇老师这样坚持纯粹音乐的艺术家们的辛勤付出之后，我们会拥有更多的经典音乐财富，在美好之中孕育更完美的人生。

我们生于这个时代，
最难能可贵的是超越这个时代。
因为仿佛航天器脱离地心引力才能翱翔宇宙，
摆脱世俗的藩篱虽是瞬间的顿悟，
更依靠强大的勇气。
为勇者欢呼，更为勇者铺路。
有你相伴的这条路，
绝不是一条孤独的小径，
而是一条光明坦途。

离人别绝离人去

我很喜欢的一部电影叫《被嫌弃的松子的一生》。如果非要给这部电影定性的话，有的人说它是日本电影史上不可多得的歌舞片佳作，有的说这是一部成人的童话故事，有的人说这是一部女性主义电影，还有一些社会学家和心理学家从各个角度对女主人公松子的性格成因和人生悲剧加以分析，于是，这部电影从某种意义上成了一个人格分析的典型案例。

电影导演是拍广告起家，所以在这部电影中，女主人公的经历和幻想像是一个个广告短片连接在一起，有的节奏明快，有的画面夸张绚丽，穿插着松子对童年美化过的记忆，或是成年后一次次获得幸福和跌入谷底，形成了影片的独特风格。

在我看来，这是一个爱与被爱的故事。松子的一生都在找寻爱，幼年时因为父亲偏爱患病的妹妹，松子只有做鬼脸的时候才能博得父亲一笑，因而养成了在焦虑不安时做鬼脸的习惯，形成了讨好型人格，也因此在长大后的人生中遭受挫败。

长大后的松子依旧不放弃对爱的追寻，和穷作家结合，成为他人的情妇，堕落风尘之中，或是在逃亡之中的短暂安居，她都用尽全力去爱，直到遍体鳞伤。

面对命运的无情，她始终没有失去爱的能力。但是，那些都不是真正的爱情，因为爱情是双方的，是两个平等的灵魂拥有对另一半同样炽烈而隽永的爱恋，而松子的纯情都浪费在并不真正爱她的人身上，直到再次遇见龙洋一。

松子悲剧的开始，是从龙洋一诬陷松子让她失去教职开始的，明明爱老师却亲手毁灭，可以说是少年龙洋一无法理解自己感情，心生懊恼而宣泄。而当龙洋一成年之后见到松子的境遇，他对于自己曾经的恶有着深深的追悔与补偿心理。

正是因为龙洋一觉得自己仿佛是松子的灾星，只要自己和松子在一起，松子就会受伤，就会遭到厄运，因此当松子满怀希望等待龙洋一出狱，换来的却是被拒绝，致使松子失去了生活的希望，疯疯癫癫直到死去。因为龙洋一没有想过的是，松子宁可背负命运的磨难，也不能失去龙洋一的爱。女人为了爱情可以忍耐和付出的，常常远超过男人的想象。

这悲剧的背后是两个人不同的爱的话语：

“我在等你离开，你在等我回来。”

因为你的不愿意离开，

只有我先离去的无奈，

只有经历过的人才懂，

貌似主动，实则被动。
可是我只是远远望着你，
期盼你不要再等待下去。
这份期盼，是如此纠结不堪，
因为早已不能想象你真正离去后，
我虽生犹死的苦痛。
从此只有行尸走肉，于世上游荡无期。

离开，
是一种解脱，
还是另一种煎熬的开始？
《被嫌弃的松子的一生》，
龙洋一一次次推开松子的决绝，
和他与松子在一起的狂热都是一样，
绝望而炽热。

看似平淡的生活仿佛很容易，
可是需要多少牺牲与忍耐？
如果明明拥有跌宕起伏的命运，
却渴望平淡如水的爱情，
明知不可得而渴求，
明知不可为而为之，
那便逃不出坎坷曲折的宿命。

慢慢地，

生活教会了我们妥协，

生活教会了我们隐匿，

生活教会了我们给自己套上套子，

戴上面具，

以求不伤人，人不伤，不自伤，

却忘记了不欺人，人不欺，不自欺。

龙洋一直到最后才明白，

他自伤式的离去，

实际上是在精神上杀死了他自己和松子。

自以为是的保护，

自以为是的割舍，

自以为是的隔离，

自以为是的结局。

而松子只留下一句话，

生而为人，我很抱歉。

看过一部部电影，

还有人生中一幕幕活剧，

无论是爱情，亲情，

相爱却不相知，

相知却无法相爱，

相爱却相伤相杀，

莫奈何命运的作弄与冷酷无情。
如此多的人生悲剧，
主人公们一个个陷在自己的死胡同里
做困兽之争，
无论是父母命，媒妁言，
亦或是命运交错，有缘无份，
只让人唏嘘。

挣脱命运的勇气，
只能自己给；
自己灵魂的自由，
也只能自己给。
那些被亲人们情绪勒索的苦人儿啊，
那些被现实磨得无法言语的苦人儿啊，
生命只有一次不能回头，
为何还要被人肆弄，
如傀儡般作无灵魂状游移？

那些自以为爱的真的爱吗？
还是以爱的名义控制、占有甚至胁迫呢？
仿佛施虐狂与受虐狂的关系。
如果说看着自认为爱着的人痛苦是爱的话，
如果认为自己的痛苦就是对他人爱的接纳，
而实际是控制与被控制，

占有与被占有，
这不平等而怪诞也称之为“爱”，
那世上可还有什么幸福可言？

彼此成全，
是基于彼此相知，
如果彼此不相知而又不自知，
那只有一幕幕擦肩而过的缘聚缘灭。
谨以此祭奠那些自毁的爱情，
那些桎梏中自我挣扎的苦人儿。

云遮月隐月匿云，
雨打花残花谢雨。
苦情酒醉苦情人，
离人别绝离人去。

愿此生无悔，无需抱歉。

电影导演游达志系列作品浅析之《两个只能活一个》

本篇题目中说电影导演游达志作品，而不是简单表达为导演游达志，如此突出“电影导演”游达志作品，是因为在此只谈电影作品，至于电视剧《大唐双龙传》等，鄙人还未欣赏，也兴趣或缺。或许《湄公河大案》可以看看。

游达志的电影作品进入我的视野是近来的事，个别主流媒体的影评人突然翻出旧胶片堆里那盘《暗花》，勾起了我的兴趣。无论是游大导演打算从电视剧领域重回电影界东山再起而进行的炒作，还是影评人怀旧的新瓶装旧酒，都无法掩盖作品本身的特立独行，在当时环境下的惊世骇俗放到如今仍是让我早已被各色影片麻木的感官和心灵都为之醒来。

这个系列我打算写他的四部电影，也就是他迄今为止真正意义上导演上映的四部电影《两个只能活一个》（1997），《暗花》

（1998），《非常突然》（1998），《废柴同盟》（2001）。

意气风发少年时。1964年出生的游达志属龙，20世纪90年代末正好是三十四五岁，是磨炼成熟锋芒毕露的时候。熟练的技法和凛冽的世界观，除去了年少的青涩，也还没有中年的油腻包裹，人的一生也只有一次这样的年华，能够迸发出创世奇才的火花让世人为之惊诧。

而关于银河映像电影制作有限公司，很多普通观众并不了解，因为这家仅存世4年的电影公司出品不多，但是对于香港电影研究者来说却是里程碑似的存在。它存在的时间恰逢香港1997年回归前后，港人思潮涌动，纷繁复杂，社会怪相频出，时势造英雄，英雄也从现实中汲取丰富的营养，银河铁三角杜琪峰、韦家辉、游达志便是这风云时代的电影界风云人物。

《两个只能活一个》说的是一个沉默而坚持的故事，也是一个探讨“什么才是值得的”的故事。对未来的不可预期，有的人想要出走，有的人被迫出走，可转念一想，所谓的被迫也都是自己作出来的伤。以下剧透严重，恐剧透症患者请回避。

金城武饰演的小男生是一个头发油腻的城市流浪汉，居无定所。电影中这个男人叫阿武，他穿着油腻的棕色皮衣，棉质裤子，衬衫飘在皮衣外面，油腻的长发一绺绺遮住他的脸。如果不看字幕，你很难认出他的扮演者其实是金城武。

影片一开始，在鱼龙混杂的麻将馆里，连摸了四张西风都打了出去的他，烦躁得一掀桌子讨了一顿痛快的群殴，麻将馆老大最后的酒瓶暴击，则让他直接住进医院的过道。整个过程他一言不发。

也许他只是想赢一顿饭钱，或是一夜安眠，这一顿打让他只想赚钱。于是，他去找一个印度餐馆的老板，据说那人知道谁会雇杀手。做一个杀手，或许是阿武所能想到的最快最稳的赚钱方式。

印度餐馆老板说现在杀人便宜了，杀个人八万八。这样的压价和他后来为阿武找杀手时的坐地起价形成强烈的对比。

印度老板把阿武带到买主面前，雇主的助理仿佛将军的副官，面对油腻的流浪小青年满脸不屑一顾。阿武不动声色，突然拿起了一把刀，就在助理抢夺之时，伴随着一双“不敢相信”的眼神和“不要啊”的哀鸣，手指头如飞花似香肠般漫天飞舞。喽啰们急忙慌乱地找手指和冰块，在俏皮的音乐声中诞生了一种滑稽的黑色幽默。

这样的场景再次发生时，阿武已经成了雇主，把杀人任务外包给了印度老板找来的杀手。许是印度老板在中间抽水太多，阿武说：“我要找个杀手，没想到是个女的。”影片中女杀手的扮演者是李若彤，她的名字叫卡雯。这个神经质、衣着肮脏的女杀手哆嗦着蜷缩着，拽着早就过时的同样肮脏的包包抽着烟，包包上还别着几枚少女款徽章。

阿武的不信任和瞧不起刺伤了她的自尊心，当恐吓阿武的买凶助理落座后，一直一言不发的她拿起餐刀刺向助理，助理再一次面临失去手指的境地。这一次，阿武和卡雯选择了逃。

阿武有钱了。这钱是买凶杀人的头款和在喜宴牌桌上从麻将馆老大手里用一言不发赢回来的巨款。他买了车，买了二手车行老板的大哥大和四面佛项链、金表、阿玛尼金丝边眼镜，还买了一个女杀手。所以，阿武并不愿意真的杀人。

可是卡雯又愿意吗？她是杀人犯，她提出了诸多要求，比如要住五星级酒店，比如要阿武一起到现场踩点，试跑逃生路线，比如她要阿武找旧情人租枪……她答应这单买卖，是因为她要钱，理由除了和14岁那年一样，为了给开酒吧的旧情人钱用，还要让对方愧疚终身。14岁就为他堕胎，为他绑架杀人，杀自己的亲表弟。她杀人为了生存，为了爱。可直到最后，她发现这爱一文不值。

卡雯住五星级酒店那段，几次三番被拒绝，最后得偿所愿，17楼可以看维港，跨年烟火秀的房间。

和小旅馆的肮脏阴暗狭窄相比，五星级酒店带着芬芳的干净清爽。在小旅馆里阿武用小香皂帮卡雯洗干净的袜子飘在窗口，掉在水里。在五星级酒店，她自己清洗了衣物和身体。阿武是让她身心得以重生的人。身体洗干净了，灵魂呢？

一夜缠绵，她尽诉衷肠，浑身是血的阿武打伤卡雯的旧情人回到酒店，将逼女孩去杀人的钱冲进了马桶。女孩潸然泪下，终于自己来到酒吧，要亲眼看看当初的负心人。恍惚中仿佛自己要乱枪崩了他，却看到被阿武打伤的他浮肿而苍老的脸，粲然离去。这是一次身心的洗礼，原来一切的执着都是不值得。

无论电车来不来，两人只能活一个。

因为终归有一个要去杀人，有可能被抓，有可能被杀，也有可能从楼顶跌下。

游氏黑色幽默就是这样入木三分。千人一面的平淡生活，在他的镜头下哪怕是悲剧，一样富有喜感，或许这就是笑看风云的浩然与不凡。

演员林雪在片子里打了打酱油，镜头少到几乎看不见，好像是来凑人数的群众演员。

跌宕起伏的剧情是电影的灵魂。有的影评人说看了这部电影才知道原来金城武和李若彤是很会演戏的，可这是演员的原因还是导演的功力所在呢？

影片中多次出现的电车，两人沿着轨道行走的场景。仿佛人生的平行线相依相伴却永不相交，也似长长路轨是命中注定的人生，相交之后又相离。

阿武为了在15分钟内赶到踩点地点时有一个镜头，在一分钟内他跨越六七条栏杆横穿马路，这让小时候做过跨栏运动员的我突然很佩服他的体力和柔韧性。

影片中剪完头发的两人换上精致的衣衫，轻轻地舔舐着冰淇淋，终于焕发出明星光彩，你才发现，原来这是两个堕落的天使，只是没有了翅膀，依然想飞回天堂。

“两个只能活一个”，只是一句谏言，并不是一句承诺。四部影片看完才发现，游氏黑色幽默就是如此，总让你猜不透又不肯醒来。

曾经为爱不顾一切，

到头来才知道都是无妄执念。

逃得过命运的劫，

才能还前世的怨。

虚张声势的妄言，

唯有不言不语的默念，

一点点善意的温暖，

足以让堕落天使重回蓝天。

两个只能活一个，

只是一句戏言，

人生一段传奇，

都是爱的试炼。

电影导演游达志系列作品浅析之《非常突然》

《非常突然》仿佛一张20世纪90年代末香港的浮世绘，蒙嘉慧饰演的可爱的小女生成长为咖啡店女老板，每天最开心的事就是拿着喷壶和抹布擦玻璃，让这小店窗明几净，即使是下雨天也照擦不误。她是那么热爱生活，就像一朵百合花一样纯净。

任达华饰演的警察钟健严肃而又认真，不苟言笑，工作的特殊性让他练就了不动声色的本领，却在女孩子面前显得木讷呆板。他对同事们的爱是默默的，带有保护色彩的，他的关键字就是守护，守护他的职责，守护他的兄弟们。

刘青云饰演的李森的一贯形象是玩世不恭下隐藏着的神探的直觉和机敏，从性格上和钟健截然相反，这一点从审问逃犯的方式就可以明显对比出来。但这丝毫不妨碍两人成为患难兄弟。第一次与劫匪正面交火时，在劫匪逃逸后，身着防弹衣但中枪在地下翻滚的李森或许是有些嗔怪钟健没有尽早听他的劝堵住劫匪，当他看到钟健身上同样部位有着同样多的枪眼，才明白刚才好兄弟也同样九死一生。

黄浩然饰演的 Jimmy 是个花心大萝卜，这或许也是因为作为一名刑警，他早知道自己朝不保夕的生活无法给爱情带来稳定的幸福。他嘲弄自己的职业，嘲弄自己的爱情，所以对每个女孩都好，每段感情都不认真。

黄卓玲饰演的 Macy 崇拜钟健，暗恋 Jimmy。对同事的爱护让她可以无私地照顾花心的暗恋对象，也可以在众人面前维护自己的头儿，还因此被老大误会。纯朴可爱的女警员，一样的坚韧不拔，但也情感丰富。

许绍雄饰演枪神，这位老演员几十年形象一直保持得那么好，忠厚老实的普通中年男人的形象，在这个故事里却成了隐秘重婚的劈腿男，还遭遇了生活的几重考验。

在《非常突然》这部电影的前一个多小时里，怎么看都是一部爱情警匪片。最可爱的是每次咖啡店老板娘的出现都会有浪漫的音乐，就像草莓冰激凌，酸酸甜甜。

影片中雨也不是随便下的，要下得恰到好处。比如女主角赌气跑进雨里时就要有；要优雅地 Say Goodbye 时就要同样优雅地边下车边撑起伞，顺便报上自己的门牌号，告诉对方自己单身没有男朋友。

同样一个小钥匙包，男二感觉女一爱男一的时候，恰好拾到就给男一，让他勇敢去追莫错失机会。女一再次失落钥匙包，而在男二的精心安排下第二次拿到钱包时，就这样生气地把“再次”落下的钥匙包拿回来，逼不得已道破心声：“你自己不要的东西不要硬怼给别人！”

水到渠成的爱情平淡而安心，却少了很多因爱而误会所特有的心神不定与意乱情迷。误会一个又一个，不是用情至深的成全，就是自作多情的自恋。男一男二女一女二的纠缠不清，总要到戏的最后才能弄明白。

另一条主线是男一带领男二女二等一干人等抓劫匪的故事。劫匪也分两帮，一帮看似悠闲寡淡，实则心狠手辣，心理变态，但却冒着生命危险也要救下同伙；另一帮土匪，从榔头铁锤素面朝天，到戴丝袜重装上阵洗劫冲锋车的发展，短时间内从只抢劫不杀人的养家糊口者成为滥杀无辜的杀人魔。

林雪这次又出现在游达志的影片里，一个慌张的逃犯，一个无家可归的游子，一个为了生存不得不走上绝路的边缘人，肥胖的身材表面蠢笨实则精明，一顿盒饭就迎合了当时港人的偏见。“那里生活困难吧？”“嗯嗯。”“你有几个小孩？”“五个男孩三个女孩。”穷，苦，超生。

重罪犯的世界黑暗而恐怖，普通人的生活平淡而充满两难。Jimmy 受伤后不断出现的女朋友，老警察枪神妻子多年不孕后突然怀上三胞胎，二奶又罹患癌症，这种种对人性的考验刚刚通过，一切就那么突然而惨烈地戛然而止。

HAPPY HOUR 的老地方聚会，临出发前 Macy 终于决定要表白 Jimmy，而枪神终于向李森说出了自己想明白要如何安排家人，以前不想蹚浑水管人家隐私的李森也终于认同了他。枪神叹了一句“有伞的时候没有雨，有雨的时候没有伞”。一语成谶。

如墨菲定律，你越不希望发生的事，却终将发生。涂了黄油的吐司，总是有酱的一面朝下。生活不是好莱坞大片，总是 happy ending，你要幸福我就要夺走，你要大团圆结局我就要大惨剧结尾。因为我是导演，我是编剧，我就是这部戏的神，我就是要像上帝对世人做的那样，把真相在这部电影里揭示给你看。不够强烈的刺激就不会引起你们的注意，你看不看得懂不重要，关键是你会不会看，你看了，自然就懂了。

戏剧是天马行空的想象，可又那么逼真。刚刚给你吃一颗酸梅，接下来终于等到一口蜜糖，殊不知最后是一碗癍痧凉茶，苦得涩麻，凉得透心，让你惊诧莫名又尝尽人生百味。

猜得到的结局，往往都不是一部好电影应该有的结局。所有的突然都是因为之前平淡的可测来铺垫，只有温馨后的残忍，果然之后的意料之外才会让人意外、惊讶和愕然，而一切又都在情理之中。影片的黑色幽默就是这样，告诉我们命运之神时刻弄人，用最惨烈的方式宣布生命的离去，用最英勇的安魂曲谱写最平凡的人生，所有的一切都在最好的时候结束，让人没有机会追悔，没有时间弥补。

最后一幕，瘫坐在咖啡馆的女子怅然悲愤，曾经保护自己的人一瞬间都离开了，今后还会有他们这样的好警察出现吗？自己所喜欢的人也离去了，今后自己还会有爱情吗？我为什么没有好好和他表白，好好和他开始，和他有未来？可是，如果明知道这就是未来，还会继续吗？……她究竟什么想法我们不得而知，于是电影就这样留白，仿佛这段故事还在继续。因为雨还在下，还有人在继续生活。

撑伞莫忘造伞人，
遮阴要谢植树恩。
缘聚缘灭无缘由，
只是造物在弄人。
青青早茶能果腹，
浓浓咖啡也醉人。
惺惺相惜心相聚，
款款情深别死生。

电影导演游达志系列作品浅析之《暗花》

这些和我们呼吸着同样空气的世界的人们，说着另一种我们听得明白却不见得懂的语言，生活在一个大世界里的小世界，也是一个平行世界。《暗花》所叙述的就是其中之一。暗花是那个名叫“江湖”的黑道中，悬红杀人的赏金。说这部电影是游达志迄今为止最成功的电影也不为过。在《无间道》系列电影中，你都可以找到这部电影的影子，可见其影响之深远。这部电影也是银河铁三角合作的巅峰之作。

故事发生在澳门，这是一个看似自由实则处处都是规矩的舞台，气焰再嚣张，名望再高尚，也都只是导演手下的一个演员，这个导演就是洪先生。

网上总有些人在寻找洪先生的真实背景和来历，我只觉得可笑而已。好奇害死猫，所谓洪先生这样在幕后操控的人总是有的。喜欢看悬疑小说的人，总能从故事里面读到，比如说卫斯理系列，比如说《达·芬奇密码》，等等。

所以，基哥和佐治的命运，从影片的开始就不难猜到结局。人们好奇的点更多的在洪先生的手法上，想知道什么是机关算尽，什么是不择手段。或许，观众们也心存侥幸，希望主角们能破了洪先生的局。这无疑是人之常情，我们总希望摆脱命运的安排，总想自己掌握全局，可是现实是如此吗？

梁朝伟饰演的警察阿琛，是灰色的，是黑与白之间的桥，他胸前别着警官证出入各处，无论是黑帮刑讯之地，还是命案报警之处，那么自然而然，只觉得一股寒意涌上心头，原来这个世界表面的秩序和潜在秩序的维护者都是同一个，不禁要问，那么这套系统的存在价值在哪里？

暗花是一个饵，是让本已讲和的两帮重新乱起来的饵，天下熙熙皆为利来，天下攘攘皆为利往，可是大家都知道，这暗花更是洪先生惩戒的预警信号。阿琛为此而烦恼，老大已经躲起来，老大的儿子又是个大炮筒惹祸精，自己住处又出现无头尸，还有个光头佬总是阴魂不散，赶也赶不走，不仅不能再与佐治内斗，还要保护他的安全，除此之外更要查出暗花是从何人口中传出，因为他是不会把一个多少年没回过澳门的洪老头放在眼里的。

找这样一个人成为清盘的切入点再合适不过了。只要肯给钱，反骨仔会一个接一个地出现。而阿琛这样的角色即使不是好警察，不是好兄弟，给钱什么都可以做，也不给他机会做反骨仔，而是让他不得不按着剧本演下去。哪怕中间他挣扎，他奋起，有了一两次偏离了轨道，也有保底的一枪给他个干净。

洪先生派出了两个人，安排了一组内鬼，就这样完成了电影中澳门黑帮的清盘，不可谓不精彩，让人敬畏。这或许就是他的目的，江湖是他的江湖，棋子是他的棋子，不听话就铲除，没有任何余地。在这里，生死就是筹码，金钱就是万圣节的糖果，本该属于你的，夺走了再给你就成了洪先生的恩赐。

一步步无处可逃，就像迷宫中的老鼠，就算嗅到危险的气味，可还是被引上绝路。无头尸和手心里的107，光头佬，醉酒妹，咬死不松口的反骨仔，黑白花的女士手袋，所谓的给你一条生路，也只不过是引诱老鼠咬人的一块奶酪，不然他又怎么会走上那条路替洪先生清盘呢？

演完戏的戏子和完成任务的杀手一样，都是弃子一枚，从出发到结束，他们自己早就心知肚明，无论去与不去，做与不做，结局都是洪先生早早料定。所谓的希望，只是自欺欺人，让最后的生命火花更凄美一点。

就这样，一切仿佛都是洪先生安排的，可是明明被害人和加害者都清清楚楚，以死对证。洪先生在哪？在每日乘坐的轿车里看报纸，还是在棋子们的脑海里、睡梦中反反复复地出现？

没有价值或许能活得久些，没有了洪先生还会有蓝先生、吕先生等出现。秩序需要人来维持，这是他们自封的使命，因为棋子们、鼠辈都早已习惯了有人投食，有人指挥，告诉他们从哪里来，到哪里去，要想什么，说什么，做什么，要恐惧什么。恐惧的不仅仅是洪先生，还有没有洪先生的日子，因为洪先生不在澳门，所以基哥和佐治才会胡来火拼，只有有了洪先生的清盘，黑道白道才会安宁。不是吗？

影片最让人印象深刻的，除了精彩的剧情和演员的精湛演技，还有舞台剧的特殊场景拍摄效果和紧扣剧情变化的电影音乐。最著名的莫过于阿琛去监狱找耀东的那场戏，漫天飞舞的灰尘如雪花一般，营造出风雪夜浪客剑心的肃杀气氛，两个聪明人在那一刻惺惺相惜，也都明白自己逃不出洪先生所布下的局，就在那一刻，阿琛也终于明白，自己的身边人每个都可以成为洪先生的棋子，而自己偏偏是被间接捉弄和摆布的那个，戏份最重，却不自知。

我想每个人在被命运愚弄的时候都会想要问老天爷："为什么是我？为什么要选我？"那种深入骨髓的宿命感和无助感催生了更加深层次的恐惧，成为无路可逃的困兽。之后的剧情变化节奏越来越快，突显了导演的功力深厚。原来，每个观众都是剧中的梁朝伟，而游达志导演就仿佛洪先生，控制着我们的喜怒哀乐，让我们体验到光怪陆离的心灵感受。就是在观影的时刻，人们的情感和思想高度一致统一，同呼吸共命运，这种虚拟体验带来的快乐无与伦比。

逃不出命运的手掌心，
演好自己的戏，
不必说，
不必想，
不必问，
尽人皆知尔。
你不知道的结局等着你，

害怕就对了，

惶惑就对了，

这就是你该有的反应。

照做就是了，

认命就是了，

各得其所仅此而已。

电影导演游达志系列作品浅析之《废柴同盟》

废柴嘛，就是无用之人，是之于高才、好才而言的庸才，是比笨蛋还要无用的称呼。如果从别人口中说出来，那是骂人的话，是粗口；如果废柴自己说自己是废柴，那是有自知之明的表现，那就是认命；但明明是天才还说自己是废柴的，如果不是神经搭错歧了线，那就是过于自谦，不过也有可能是情商过低，遭遇人生低谷，生不如死的痛苦中才说出这样妄自菲薄的话来。

废柴在一起结成同盟会如何呢？一个电视界的做深夜三流社会八卦新闻节目的三流导演——一个极端无聊的男人，一个被世人遗忘了数年自我放弃发胖不洗澡不收拾屋子的三流歌星——一个极端爱表演的男人，就这样在彼此人生的最低谷又走到了一起。

影片开始时选举造势的场面，人们只在乎自己出镜是否光鲜，对于参选的人所说的“有什么需要帮忙的吗？”完全没有信任感，而这时吴镇宇饰演的 Kenny 夸张地出现，夸张的表演震惊全场，也让曾志伟饰演的阿南为之振奋，他知道，机会来了。

回到电视台里开会的阿南，受到了由邵美琪扮演的上司阿瑶的奚落，昔日的同事成了如今的上司，阿南十几年前为公司获得的国际大奖却早已被人遗忘，自己现在做的节目也面临着收视率低迷，即将被砍的局面。就在阿南与阿瑶激烈对峙的时刻，导演安排了一个漫画般的突然抽离，演绎肃杀之气，每个在场的人都感受到一股寒意，甚至寒风呼啸而过，充满了黑色幽默。

上司的奚落，对手的鄙夷，同事的同情都让阿南决定无论如何要争一口气，这时候他心生一计，只有与好基友 Kenny 并肩作战才能一雪前耻了。但是现在的 Kenny 自卑，低落，消沉，只有鼓励他重新站起来，振作起来，计划才能成功。

Kenny，全家移民只留他一人在港，奶奶留下的豪宅他也一直没有过户到自己的名下，这是一种自我放逐，他事业不顺，家人疏离，才会变成一个自暴自弃的废柴。可是在阿南和 Hidy 的帮助下，他渐渐燃起了生活的斗志，重新披上战衣重返战场，帮助阿南夺下收视冠军。

阿南的节目成为收视王牌，Kenny 也成为家喻户晓人人热爱的明星，于是阿南和 Kenny 又联合起来，打算接手台里的跨年大 Show。一个为了出人头地，再次创造收视奇迹；一个为了重出江湖，唱自己最想唱的歌曲。他们的命运，掌握在阿瑶手里。

阿瑶，曾经的拼命三娘，十几年前没有替身，身为导演的她自己从几十米高的天桥上跳下去。如今，在省港一台成为一人之下万人之上的狠角色，为了节约预算，关键时刻拿出舞台设计总监用旧布景充新布景套取台里资金中饱私囊的证据，并以炒掉其整个班底为威胁。“你现在清楚我的为人了？！”看似冷酷无情，却是个忠肝义胆的侠女，正是她冒着撤职的风险，在跨年倒数后播放了 Kenny 的 MTV，帮助废柴们圆了梦。

她和阿南相杀相惜十几年，她看不起阿南死守着陈年的光荣不思进取，却又珍惜阿南的才华，虽然要求格外严厉，但却一直在给阿南机会。她的事业、她的职责都不允许她徇私情，所以外表总是那么严厉孤傲，不近人情。

另一个女主角黄卓玲饰演的 Hidy 是与阿瑶形成对比的女子，她为了留指甲这样的小情趣放弃了成为导演的工作，而当了一名秘书，和阿南展开了一段甜蜜的办公室恋情，这样温婉可人毫无野心的女子仿佛就是为了平淡而温馨的生活而生，是每个男人心目中的理想妻子。她善良，隐忍，纯情，痴心，又贤惠，充满了正义感和爱心。她照顾阿南的饮食起居，也照顾 Kenny，帮他收拾屋子，开解他，俨然一对好姐妹，充满了温情。

她心疼阿南为了帮助 Kenny 和他自己实现梦想受到的苦，又怨愤阿南徘徊在功利与公义之间的犹豫不决，她为阿南最终放弃大 Show 回到家而欣喜若狂，完全不会像很多女人那样责怪自己的男人没出息。她就像冬日里的暖宝宝，体贴入微善解人意。

“你看过我们的节目吗？”“我们每天坐地铁的。”阿南真切的话语提醒着阿瑶。做电视的人要接地气，要知道观众想要看什么，更要知道自己节目播出后观众的反应，在一个收视率就是一切的时代，谁抓住了眼球谁就是王，谁就可以“为所欲为”。任何事情都是这样，得人心者得天下。也正因为如此，当陈年旧事被多事者歪曲后拿到友台进行炒作的时候，Kenny 的反应就是“搞得更大些”，真是应了 Hidy 的观察，他很聪明，绝不像外表那样疯傻。

Kenny终于得偿所愿，阿南和Hidy也盼到了维港上空飘舞的雪花，Kenny脱下夸张的戏服走入人群中，终于做回了自己。

这是杜琪峰带领整个团队转入中国星影视集团时期的过渡作品，在这之后，游达志离开了香港，回到了马来西亚。所以Kenny的卸妆离开，是否也是导演自己的人生隐喻？

废柴同盟就是不甘示弱、不甘堕落的一种自我救赎，不随波逐流的特立独行，不愿意沉沦的拼死一搏。这个世界上天才少有，废柴很多，但是废柴燃烧起来也是熊熊烈火。高高在上的大人物们总是轻易把废柴们踩在脚下，却不知只有他们才真正接地气，懂生活。就像沙堆中的金子，闪闪发光。

这部电影里面有太多电视界的潜规则暴露出来：为了收视率不择手段地低俗表演，像Kenny雨夜带一大堆媒体跑到董伯伯家门口挑衅吵闹；同行之间抢夺资源互相倾轧，像谢天华扮演的阿超直接抢阿南的办公室，后来又抢大Show的演出方案；搏上位拍马屁，掠夺他人劳动成果，阿南终于爆发出来，骂阿超是“只会拍马屁的烂监制”；贪污的舞台总监；唯命是从的KK；胡乱造谣的三流艺人以及播出这种节目的电视台和主持……这种辛辣呛鼻的讽刺，不是局中人又如何能刻画得如此入木三分？这或许是游达志对电影界的一种讽刺，或者更是一种劝诫和警醒。

电影电视这些媒介，是否因为商业利益而不择手段？本该是引导大众的艺术品位，却被大众的低俗趣味和眼球效应牵着鼻子走，这都是收视为王还是收视为亡的质疑。

同行之间的恶性竞争正在“劣马驱逐良驹”，让一个个有责任心、有社会责任感、有才华、有抱负的人无立锥之地，而那些贪污者、马屁精、摘桃派却大行其道，不知廉耻地污染着整个行业，搞得乌烟瘴气。离开是无奈，离开也是勇气。

银河解散，离开中国星，这些都是游达志这位电影怪才奇才不得已而为之的选择，只留给我们无尽的遗憾。不过，也许正因为作品少才更显珍贵，也许他要说的，在这四部影片中已经说完。他说了，我们懂了，就好了。

人生海海，
留取一叶波澜，
证明我来过。
离开不是永别，
但那时的我，
却永远留在那时那刻，
留在胶片永远的记忆里，
在银河闪烁。
游戏人间，
自得其乐。

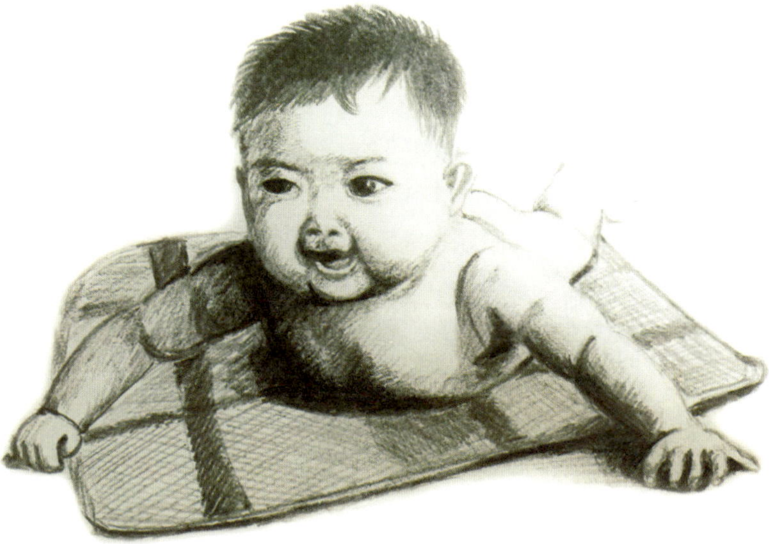

莎菲，本名黄雅青，现居广州。

后 记

现在是北京时间2019年3月11日23:43分，我和李沁老师走出出版社所在的大楼，结束了《草堂絮语》的最后一次修改。南方报业传媒集团一楼灯火通明，报社的编辑和记者们正在工作。据说，日报社的晚班编辑一般都是下午五点上班，地铁和公交早班车工作人员都是凌晨四点上班。我们俩感叹着各行各业从业者的不容易，道别后各自回家。

回顾几个月的修改审校工作，我感触颇多。实现梦想的过程比我想象的要艰难与漫长，所幸有李沁老师等一众专业人士的一路相伴，才得以克服困难，将这本《草堂絮语》奉献给大家。若太过完美主义的话，这本书恐怕会让我一直修改下去。但是，我选择真实地呈现出这个阶段自己的状态与水平。书中待改进之处希望读者不吝赐教，诚心指出，帮助我进步。

非常感谢南方日报出版社社长周山丹女士、第一编辑室主任刘志一先生，以及校对老师裴晓倩小姐的悉心指导和专业意见。感谢吉超群老师、尚文设计的同事们。因为大家的一齐努力，才有如今的《草堂絮语》可以呈现在读者面前。

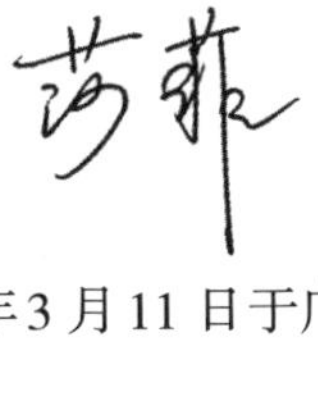

2019年3月11日于广州